お父さんが恋したら

御堂なな子

幻冬舎ルチル文庫

CONTENTS ✦目次✦

お父さんが恋したら

✦カバーデザイン＝小菅ひとみ（CoCo.Design）
✦ブックデザイン＝まるか工房

イラスト・金ひかる✦

お父さんが恋したら

1

書類の散らかったデスクの上で、電話が鳴る。そろそろ仕事を一段落させようと、パソコンのモニター上のCGパースを保存していた高遠怜司《たかとおれいじ》は、キーボードに触れていた手を受話器へと伸ばした。

「お電話ありがとうございます、高遠設計事務所です」

『お世話になっております。大富士《おおふじ》建設の今泉《いまいずみ》です』

「――何だ、今泉か。お疲れ」

昔の同僚からの電話だと分かって、怜司の声が途端にくだけた。

五年前まで、怜司は大手建設会社に勤務する社員だった。そこで設計の腕と、経営のノウハウを身につけ、今は自宅兼オフィスのこの事務所を開いて、個人で仕事を請け負っている。

『お疲れさん。この間は打ち合わせでどうもねー』

「ああ。こっちこそ、条件のいい仕事を紹介してくれてありがとう。助かるよ」

『うちの設計課にいた頃の、お前の実績をアピールしたら、社の上の連中も納得してくれたよ。こっちとしても、下手な外注に出すくらいなら、確実な仕事をしてくれるお前に頼みたいしな』

「何だよ、お前に褒《ほ》められると気持ちが悪いぞ」

『ははっ。高遠、今夜空いてないか。お前の事務所の近くに来てるんだ。仕事抜きで軽く飲みに行こうや』

「あ…、すまない。これから娘を車で迎えに行く約束をしているんだ。納期の近い仕事もあるし、また今度誘ってくれ」

無類の酒好きの怜司としては、友人の誘いを断るのは心が痛んだ。でも、酒よりも愛娘《まなむすめ》との約束を優先するのは、父親として当然だろう。

「娘さん、結花《ゆか》ちゃんだっけ。元気にしてるか？　もうだいぶ大きくなってるだろう』

「ああ。結花は大学に通ってるよ。去年成人式だったんだ」

『もうそんなになるのか——。結花ちゃんを育てるために、お前が毎日定時で帰ってたのが懐かしいな』

ふ、と怜司は電話口で微笑《ほほえ》んだ。残業が当たり前の多忙な設計課で、定時退社していたのは自分だけだったことを思い出す。

今泉や同僚たちは、父子家庭のよき理解者だったが、怜司の上司はそうでもなかった。待遇に恵まれていた大手の会社を退職して独立したのは、家庭を優先したくて、上司との軋轢《あつれき》を生んだことが理由だった。

『何なら三人で飲もうか。成人式済んでるなら酒はイケるだろ』

「嫌だよ。オヤジの飲み会に、大事な娘は連れて行きたくない」

『はいはい、溺愛ぶりは相変わらずだな。じゃあ、また連絡するよ。月末にうちが主催するレセプションには、絶対顔を出してくれよな。久しぶりにお前の顔が見たいって、課の奴らが楽しみにしてるから』

「ああ、参加させてもらうよ。連絡ありがとう。またな」

受話器を置いて、怜司はパソコンの電源を落とした。防犯用に天井の照明は消さないまま、オフィスの奥にある小さなドアから、生活スペースの自宅部分へと入っていく。

娘の結花がよく家事を手伝ってくれるおかげで、リビングもキッチンも、この家は荒れ果てたことがない。いつも清潔な室内に感謝しながら、仕事用の薄いグリーンの作業服を脱いで、怜司はそれを洗濯機の横のカゴに突っ込んだ。

洗面台の鏡には、仕事明けでやや疲れた、成人した娘がいるにしては随分若い、怜司の細《ほそ》面《おもて》の顔が映り込んでいる。

建設現場によく足を運ぶ割に、怜司は日焼けをしない体質で、顔や手足は色白だ。一七〇センチ台前半の平均的な身長に、色素の薄い茶色の髪と、眼鏡の奥の大きな瞳。この瞳がもう少し小さくて、ふっくらとした赤い唇が、もう少し引き締まっていて男らしかったら、どんなによかったかしれない。美形だとか、繊細な顔立ちだとか、人は勝手に怜司の見た目を評価するが、所謂《いわゆる》男性的な社会である建設業界の人間とは、かけ離れたイメージだ。

「――目が痛い。ちょっとモニターを眺め過ぎたか」

怜司は眼鏡を外して、もう持病だとも言えるドライアイに、点眼薬を差した。泣いたように潤んだ瞳。しっとりと瞬《しばたた》く長い睫毛《まつげ》。怜司は自分の顔が、昔からあまり好きではない。

貫禄のないこの顔のせいで、『若輩者に仕事は任せられない』と、受注を取りはぐれたことは何度もある。現場に足を運んでも、年下の監督や職人になめられることが多くて、信用を得るまでに随分苦労した。

一級建築士の資格を持つ、相応に腕を認められた設計士なのに、不必要に整った顔のせいで、仕事で損をするなんて理不尽だ。この顔で得をしたことなんて、一度もない。

簡単に着替えを済ませ、さらさらの髪をブラシで整えてから、怜司は車のキーを片手に自宅を出た。ガレージに置いてあるのは、仕事にも使っているオーソドックスな白のワンボックスカー。そのハンドルを慣れた手つきで操って、もうすっかり日の暮れた夜の街へと走り出す。

「八時か。急がないと、結花に叱られてしまうな」

普段ならこの時間帯は、親子で夕食を済ませて、リビングでテレビでも見ながらのんびりしている頃だ。食事を作るのはたいてい怜司の役割で、昔から手先が器用だったこともあり、包丁を扱うのは苦にならない。

それが、このところ結花がキッチンに立つ割合が多くなってきた。かわいい愛娘は今、教室に通うほど料理にはまっている。

（料理なら俺が教えてやるって言ったのに。わざわざ習い事をするなんて）

結花曰《いわ》く、父親の家庭料理よりも、流行のスペイン料理やイタリアンなど、華やかな料理を専門の先生に習いたい、ということらしい。大学が休みの日には、同じ料理が趣味の友達どうしで手作りの弁当を持ち寄って、ランチ女子会を開いているようだ。

愛娘が女の子らしい趣味を持ってくれたことを、父親としては黙って喜ぶべきだろう。結花は今時珍しいほど、素直で心優しい性格だ。父子家庭の寂しさもきっとあっただろうに、本当にいい子に育ってくれた。

「あ…っ」

結花のことを考えていると、鼻の奥の方がつんとしてきて、訳もなく泣きそうになってしまう。この頃どんどん、涙腺が脆《もろ》くなっている気がする。

俺も歳《とし》か、と独りごちて、怜司は幹線道路の青信号を通過した。結花の通う、駅前のビルのテナントに入っている料理教室は、テレビで活躍している講師もいて人気を集めている。

ビルの裏手に車を停《と》めて、結花が出てくるのを待っていると、きっと教室の生徒だろう、年齢層の様々な男女が姿を見せた。

「ふうん。最近の料理教室は、男も結構多いんだな」

料理男子という言葉が世間に定着するくらいだし、自分が食べるものくらい、男も作れるに越したことはない。ビルから駅へ向かっていくまばらな列を眺めていると、親バカを抜きにして、美人な女子大生がビルから出てきた。

「——結花」

「お父さん…っ！　迎えに来てくれてありがとう。トランク開けてー」

「うん。ちょっと待ってろ」

結花は両手に、重たそうな段ボールを抱えていた。教室で使っている調理器具のサンプル品が、生徒向けに格安で販売されていて、この際自宅のものを新しくしようと、結花が購入を相談してきたのだ。怜司はスポンサー兼運転手として、買ったばかりの調理器具を運びに、今日はここへ迎えに来たのだった。

「よかったあ、お父さんが来てくれて。私だけじゃ絶対家まで運べないもん」

結花から荷物を受け取って、車のトランクへと積み込む。段ボールの上をぽん、と叩くと、

「重たい…っ、何が入ってるんだ、この段ボール」

結花は得意げに微笑んだ。

「フライパンと、パスタパン、中華鍋のセット。すごい人気シリーズなんだよ？　講師の先生がプロデュースしてる、熱効率のいい十層仕上げの特製加工なんだから」

「どこかの通販番組みたいだな。買ったものはこれだけ？　他には？」

「まだいっぱいあるの。——あっ、直哉《なおや》さーん。こっちでーす」

「え？」

　結花が振り向いた方へと、怜司も眼鏡の瞳を向けた。愛娘が親しげに手を振っているその先に、長身の若い男が立っている。

（おいおい。待ってくれよ）

　まさか──まさか、な。怜司はぶるぶるっと頭を振って、父親の敏感過ぎる『嫌な予感』を打ち消そうとした。

「すいません、直哉さん。重たいのに、教室からここまで運んでもらっちゃって」

「大丈夫だよ。女の子にはきついだろう、これ」

　直哉なる若者は、スーツの胸に二つ重ねた段ボールを抱えて、車のそばへと歩いてきた。

「こんばんは」

「──こんばんは」

「結花さんのお父さんですか？」

　まっすぐな瞳に見つめられて、怜司は思わず、身構えてしまった。たいていの人間は、怜司の年齢不詳な美形の顔に驚いて、しげしげと視線を向けてくる。毎回、初対面の相手の不躾《ぶしつけ》な好奇心に曝《さら》されて、辟易《へきえき》しているのだ。

　でも、その若者は違った。怜司と目が合うと、にっこりと微笑んで、段ボールを抱えたまま姿勢を正した。

「はじめまして、橘川《きっかわ》直哉といいます。結花さんと同じ教室の初級コースに通っていて、親しくさせていただいています」

「あ、ああ、こちらこそはじめまして。高遠怜司です。娘がお世話になっています」

形式的な挨拶しかできなかったのは、目の前で爽《さわ》やかな笑顔を浮かべている彼に、気後れをしてしまったからだった。

すっきりと切り揃えた黒髪と、若々しい精悍さを感じる黒い瞳。怜司より十センチは高い長身なのに威圧感がないのは、彼が俳優でも通用しそうな、とても端整な顔立ちをしているからだろう。逞《たくま》しい肩で着こなすスーツは、品のいい雰囲気を彼に纏《まと》わせていて、長くすらりとした脚といい、一目で上等だと分かる靴といい、初対面の人間に好印象を抱かせる。

(見た目に気を遣う、営業職、というところかな。料理教室に通うタイプには、とても見えないが)

他人の趣味をあれこれ言う立場ではないから、怜司は口を噤《つぐ》んだままでいた。料理よりもどちらかと言えば、直哉はスポーツをやっている方が似合いそうな、恵まれた体格をしている。立派な若者に見える彼に、痩《や》せ気味で貧相な体をしている怜司は、軽くコンプレックスを抱いた。

「お父さんっ、早くトランクに段ボールを積んであげて。直哉さん、十階の教室から運んできてくれたんだから」

「あっ、ご、ごめんね。娘が無理を言ったようで、悪かったね」

結花に尻を叩かれるようにして、慌ててトランクの中のスペースを空けていると、直哉ははにかんだように、また微笑んだ。

「結花さんには、調理中にいつも助けられているので、気にしないでください。――それでは、俺はこれで。結花ちゃん、また来週ね」

「はいっ、ありがとうございました。おやすみなさーい」

「おやすみ。失礼します」

怜司に折り目正しくお辞儀をしてから、直哉は駅の方へと去っていった。

怜司の頭の中で、結花ちゃん、結花ちゃん、と彼の声がぐるぐる回転している。愛娘をちゃん付けで呼ばれてショックを受けている間に、直哉のスーツの後ろ姿は見えなくなってしまった。

「もーっ、挨拶くらいちゃんとしてよ、お父さん」

結花が遠慮のない力で、ばしん、と背中を叩く。怜司は前につんのめりながら、トランクを閉めた。

「……あ…っ、そ――そうだな。彼に失礼なことをしてしまった」

「どうしちゃったの？　ぼうっとして。直哉さんかっこいいから、びっくりしちゃった？」

結花のカウンターパンチに、どきん、と心臓を突かれた。愛娘の口から、自分以外の男をかっこいいなんて言われると、父親の脆いガラスのハートは、簡単にヒビが入ってしまう。

「べ、別に、驚いてはいないよ。いい男だとは認めるけどね……」

「お父さんもやっぱりそう思う？　直哉さんって、教室でもすっごく人気あるの。上級コースに行けるくらい料理上手だし、優しいし、講師の先生からも頼りにされてる、私たちのリーダーみたいな人なんだあ」

「ふうん。そうなのか」

確かに、彼が年上の人間を前にしても物怖《ものお》じしなかったのは、普段からリーダー格として、堂々と振る舞っているからだろう。

それでも、父親というものはとても厄介な生き物で、愛娘が手放しで褒める男を、簡単には認めてやれない。理由は単なる焼きもちだ。

「いつ頃から、彼とは親しくしているんだ？」

自宅へ帰る車中で、さりげなく探りを入れてみる。すると、助手席の結花は声を弾ませて答えた。

「私と入会が同じ時期だから、もう一年くらい前からかな。調理の班も一緒で、すぐ友達になったの」

「彼の方がだいぶ年上だろう」

「うん。二十七歳。大学の子たちより、ずっと大人だから、話してると落ち着くし、いろいろ相談にも乗ってもらってるの」

「相談？　何の――？」

「だから、いろいろ。就活のこととか、私だって結構悩みがあるんだから」

「父さんには悩みを打ち明けてくれないのか。何だか寂しいな」

「お父さんには言いにくいこともあるのっ」

父親には言えなくて、年上の友人の男になら言える、そんな悩みとはいったい何だろう。

誰よりもそばで見守ってきた愛娘と、急に距離ができたように思えて、怜司は内心、穏やかではいられなかった。一つだけはっきりしたのは、結花が直哉のことを、とても信頼しているということだけ。

（……信頼というか、好意、なのかな。一人の男のことを、結花がこんなに詳しく話すのは、初めてのことだし）

赤信号の交差点で車を停めて、ちらりと助手席の方を窺《うかが》ってみる。結花がにこにこしながら、スマートフォンでメールを打っている相手は、直哉なのかもしれない。

父親の『嫌な予感』が、できるなら当たらないことを祈る。直哉の第一印象が爽やかな好青年でも、結花の中で一番の男の地位は、まだまだ父親であってほしかった。

「はーい、お父さんお待たせ。今朝のオムレツはポテトとトマトのスペイン風でーす」

「ありがとう。……うん。おいしそうだ。いただきます」

オムレツならぬ、スクランブルエッグがのった皿を前に、怜司は心の中で苦笑した。教室に通っている割に、今一つ結花の料理の腕前が上がらないのは、愛敬だ。思えば結花の母親も、それほど料理が得意な方ではなかった。

キッチンの調理器具を新しくしてから約一週間、このところ毎日、結花は朝食を作ってくれる。多少見た目や味に問題があっても、父親にとって愛娘の手料理に勝るものなんか、何もない。

「トマトの風味がいいね。ちょっと焦げてるところが、父さんは好きだな」

「本当？　教室と家じゃ、火力が違うのかなあ。先生みたいにふんわり上手にできない」

「ああ、これ教室で習った料理なの？」

「うん。もっと練習しなきゃ」

結花がフォークを持った手を握り締めて、やる気まんまんな顔をしている。明日の朝食も、きっと同じメニューが出てくるだろう。それもまた、愛敬だ。

食器の後片付けを請け負って、電車で通学する結花を玄関先で見送ってから、怜司も出勤した。とは言え、作業服に着替えて、自宅と通路で繋《つな》がるオフィスに向かうだけの、簡単な出勤だ。

夜のうちに届いていた取引先のメールをチェックして、返事ができるものはすぐに処理する。事務員を雇いたいところだが、今のところ一人でどうにか回していけるので、オフィスのデスクは怜司が使うものだけを置いている。壁に取り付けたスケジュール表を確認すると、今日は朝から、複数の現場の下見に行く予定になっていた。

小さいながらも快適なオフィスを出て、外回りをしていると、東京の都心でも気温が下がり、秋が深まっていくのを感じる。作業服の上に、怜司はフードつきのブルゾンを羽織って、電車で向かった神田の再開発地区へ降り立った。

「神田《かんだ》駅のガード下は、古くて個性的な店が集まっていて、このままでも俺は好きなんだけどな」

一昔前の昭和の風情が残る、中央線神田駅の線路の下。今から一年後に、この一帯はアートの街に生まれ変わる予定で、怜司は新設されるギャラリーの設計を担当している。レトロなガード下の雰囲気を生かす、とてもおもしろい仕事だ。

「地盤検査は月末か。年内には現存物件の解体、着工は年が明けてから――。正月は何とか、休みを取れそうだな」

普段休みらしい休みを取れなくても、仕事が途切れずにあるのは、個人事業主にとってはありがたい限りだ。

古めかしいガード下を歩きながら、怜司は設計図を表示させたタブレット端末を手に、ギャラリーの予定地を視察した。設計の変更が必要になりそうな、気になるところを写真に撮って、すぐにオフィスのパソコンに転送する。念入りなチェックを終える頃には、駅前のあちこちの飲食店が日替わりメニューのボードを出す、ランチの時間帯になっていた。

「――あれ？　結花さんのお父さん？」

どこで食事をしようか、と、思案をしながらガード下を出た怜司に、誰かが声をかける。スーツ姿のビジネスマンが行き交う通りに、意外な人物が立っていた。

「君は……」

「やっぱり、高遠さんだ。先日お会いした橘川です。こんにちは」

「こ、こんにちは」

妙な偶然もあるものだ。料理教室に結花を迎えに行った日に挨拶を交わした、あの長身の若者に出くわすなんて。

「こんなところでお会いするとは思いませんでした。お仕事で神田へいらっしゃったんですか？」

「ああ。このガード下の、再開発の一部を任されているんだよ。大手の下請けだけどね」

「あっ、もしかして、大富士建設の『芸術発信・神田再生プロジェクト』の？」

「そうだよ。よく知っているね」

「奇遇だなあ。自分はそのデベロップの融資を担当している、銀行員なんです」

「え？」

直哉はこの間と同じ顔で、にこりと微笑むと、流れるような仕草で名刺を差し出してきた。

「改めまして、東都《とうと》銀行本店融資課の橘川です。先日は名刺を切らしていて、きちんとご挨拶ができなくてすみませんでした」

「あ…、いやいや、こちらこそ。高遠設計事務所の高遠です。よろしく」

怜司も自分の名刺を取り出して、互いにそれを交換した。

最大手の銀行、それも本店勤務。まだ二十七歳だと聞いていたのに、直哉が見た目通りのエリートだったことに、怜司は八割感心し、二割落ち込んだ。

（これはちょっと――父さんは太刀打ちできそうもないよ、結花）

今日も直哉は、上質なスーツを着こなし、清潔感のある佇《たたず》まいで怜司の目の前に立っている。夜に会った先日よりも、彼のことが颯爽として見えるのは、きっと真昼の仕事中だからだろう。怜司が携わっている再開発の開発元であり、直哉の融資先の大富士建設の本社が、この神田にあるのだ。

「高遠さん、よかったら一緒に昼ご飯、どうですか？　近くにうまいカレーの店があるんです。食事がまだでしたら、ぜひ」

この近くでうまいカレーと言ったら、思い当たる店が一軒ある。すぐにぴんときて、怜司は微笑んだ。

「『英國屋《えいこくや》』だろう？　知っているよ」

「そうです、その店！　あそこのビーフカレーの温泉卵のせが絶品ですよね」

「君とは味覚が合いそうだな。俺もあの店では、それが一番好きだ」

「じゃあもう決まりですね」

まだ食事に行くとも行かないとも返事をしないうちに、直哉が先立って歩き出す。エリート銀行マンのせっかちなところを知って、怜司は心の中のチェック表に、小さなマイナスを入れた。

マイナスが多いほど嬉《うれ》しくなるのは、愛娘と親しい男に焼きもちを焼く、父親の複雑な感情のせいだ。会って二度目の直哉に、おいそれと百点満点を献上する訳にはいかない。

「いらっしゃいませー。あれっ、高遠さんじゃないの！　お久しぶり」

「ごぶさた、マスター。ビーフの温泉卵のせを二つちょうだい。君は大盛りにするかい？」

「あ…、はい。お願いします」

「マスター、一つは大盛りにして」

はいよー、とカウンターの向こうから、昔と変わらないマスターの気さくな返事が聞こえてきた。

「高遠さん、常連さんだったんですか？」

「うんまあ。大富士の設計課にいた頃に、ここにはよく通っていたから。今は独立して、自宅にオフィスを構えているんだ」

狭いカウンターと、テーブル席が三つあるだけの、小さなカレー専門店。足繁く通っていた頃と、何も変わっていない店内を見渡して、怜司は定位置だったカウンターの端の席に腰を落ち着けた。

直哉と一緒に昼食を摂《と》ることにしたものの、隣の席に座った彼と、何を話せばいいのか分からない。店内に流れているテレビの音声がなかったら、きっとカウンターの周りだけ、しんと静まり返っていたことだろう。

(困ったな。緊張してきた)

マスターが出してくれた水で唇を湿らせても、気の利いた話題が思いつかない。すると、何となく硬い空気に気付いたのか、直哉の方から先に話しかけてきた。

「すごいですね、高遠さん。大手ゼネコンの大富士建設にお勤めだったんですか」

「何年も前の話だよ。社員だった頃は大規模な商業ビルばかり造っていたけど、今は手掛ける設計の規模も数も、だいぶ縮小した」

「ご自分で事務所を構えるのは、並大抵のことではないと思います。融資の仕事をしていると、その辺りはよく分かります」

「はは、そうだね。会社勤めに戻りたいと思ったこともあるけど、独立してよかったとも思う。大富士とは関係が切れている訳でもないし、今はまあ、安定しているかな」

「あ…っ、すみません。経理的なことに口を出したつもりでは、ないんですけど」

「謝られると、こっちが困るよ。うちは本当に小さい事務所だから、君の銀行の融資基準には当てはまらないね」

「いえっ、困ったことがあったら自分に相談してください。きっとお力になれることがあると思います」

「――怖い怖い。独立して分かったことが一つあるんだ。事業主にとって一番怖いのは、お金を貸し付けようとする銀行さんだよ」

「手厳しいなあ……っ」

困った顔をしながら、直哉は笑った。笑い声が明るいから、彼は余計に朗らかに見える。

(本当に、いい青年だな。見た目以上に、中身もいい。素直そうで、明るい男だ)

直哉を相手に、銀行の厭味《いやみ》を言うなんて、大人げないことをしてしまった。反省してカウンターに視線を落とした怜司の前に、湯気の立ったカレー皿が置かれる。

「お待たせしました。ビーフカレー温泉卵のせです。こちら、ランチのミニサラダね」

「へえ。マスター、サラダなんて付けるようになったの?」

「そりゃあ、チェーン店との競争が厳しくってさ。少しでもサービスしないとね」

「企業努力してるんだ。――いただきます」

隣で直哉も、いただきます、と追随した。

おまけのサラダ以外は、とても懐かしい味が怜司の口の中に広がる。スパイスの絶妙な加減に満足して、うんうん、これこれ、と頷《うなず》いていたら、直哉がまた笑った。

「よかったです、昼ご飯に誘って。喜んでもらえたみたいですね」

「ああ、久々に食べても、うまいものはうまい。料理教室でカレーはやらないの？」

「前に一度、挽《ひ》き肉《にく》を使うキーマカレーを習いましたよ。結花ちゃ――結花さんが、飴色の玉ねぎを一生懸命炒めていました」

ちゃん付けを言い直す彼が、不思議と怜司の中で好感度を上げる。あざとさを感じさせない、誠実そうな彼の物腰が、父親のひねくれた心に眩《まぶ》しく映る。

「かまわないよ、教室にいる時のように、娘のことを呼んでくれても」

「ありがとうございます。あの……」

カレーを食べかけていたスプーンを置いて、直哉はかしこまったように、スラックスの膝《ひざ》の上で両手を握り締めた。

「先日お会いした時は、聞けなかったんですけど、高遠さんは、おいくつですか？」

「え？」

「とても――お若いお父さんだな、と思って。結花ちゃんから、高遠さんのことは何度も聞いて、知っていました。自慢のお父さんだって、結花ちゃんは教室仲間にいつも話しています。実際にお会いしてみたら、本当に、その、素敵な方だな、と……」

直哉の顔が、恥ずかしそうに赤らんでいく。

お若い。素敵。言葉を選んだつもりだろうが、怜司にとっては、あまりありがたくない形容だった。気にしている外見のことは、話題にしてほしくない。せっかくのカレーの味が半減する。

「見た目の若い父親が、物珍しい？」

「いいえ。お気に障ったのならすみません。謝ります」

「──さっきから謝ってばかりだな」

「本当にすみません。自分は勝手に、高遠さんのことをだいぶ年上の人だと想像していたんです。結花ちゃんから、子供の頃にお母さんと高遠さんが再婚したという話を、聞いていたので」

「え……っ」

驚きで、怜司のスプーンを持つ手が止まった。家族と親しい友人くらいしか知らないことを、結花が直哉に話していたなんて。

「結花ちゃんは、高遠さんの養女ですよね。血の繋がりのないお父さんだと、彼女は言っていました」

「……知っていたのか。結花が君に、そのことを打ち明けていたなんて、びっくりしたよ」

ぐい、とコップの水を呷《あお》って、怜司は気持ちを落ち着けた。別に結花の出生の秘密とか、ドラマチックな物語がある訳でもない。家族の形態として、高遠家がほんの少し、世間とずれているだけだ。

は、と軽い溜息《ためいき》をついて、怜司は水のコップをテーブルに戻した。隣で直哉が、まだスラックスの膝に手を置いて、真剣そうな顔をしている。

「そんなにかしこまらないでくれ。結花も俺も、別に隠していることではないから」

結花が既に打ち明けている話を、今更怜司が秘密にしておく理由はなかった。愛娘が信頼を寄せている男を、父親も信じてみることにする。

「あの子は、離婚した妻の連れ子なんだ。結花と元妻と俺、三人で何度も話し合って、最終的に結花の希望を叶《かな》える形で、今の状態に落ち着いた」

事情を知らない他人に、結花と血の繋がりがないことを揶揄《やゆ》されたり、逆に父子家庭の苦労を同情されたりするのを嫌って、怜司は自分からはめったにこの話はしない。直哉がもし同情の兆しを見せたら、すぐにでも口を閉ざそう思ったのに、彼は真摯《しんし》な眼差《まなざ》しで、怜司を見つめ続けている。

「年上の元妻と俺は、田舎の幼馴染《おさななじみ》で、まるで姉弟のように育ってね。結花が中学校に上がる前に結婚して、しばらくはうまく行っていたんだけど、元妻は家庭よりも、仕事で夢を追い駆けるタイプだったんだ。多分、結花の本当の父親と最初の離婚をしたのも、それが原因だったんだろうな」

　忙しい研究職の母親を見て育った結花は、母親よりも家庭的な怜司に、とてもよく懐いた。怜司も、姉弟のように仲のいい幼馴染が産んだ結花を、よちよち歩きの頃からよくかわいがった。二人が親子の関係になるのは、ごく自然な流れだったのだ。

「常識的に言えば、結花は元妻が育てるべきなんだ。でも、血の繋がった母親より、結花が選んだのは、俺だった。嬉しかったよ。『お父さんと一緒に暮らしたい』って結花に言われた時は」

「嬉しい――」

「ああ。この子のために、俺は何でもできると思った。元妻の方はショックを受けたようだけど、母親として挫折をした分、今は海外の研究所でバリバリ働いてる。結花とはたまに連絡を取っているみたいだね」

　離婚をして、結花と二人で暮らし始めた時が、怜司が本当に本物の父親になれた瞬間だったのかもしれない。

　大切な存在を守り育てていく喜びと、現実的な苦労。でも、苦労なんて結花の笑顔一つで報われる。今朝愛娘が作ってくれた、へたくそなオムレツを食べるだけで、怜司は世界一幸せな父親になれるのだ。

「……それにしても、食事の時にする話じゃないな。すまなかったね、重たくて」

「いいえ…っ、重たくなんかありません。自分はむしろ、話していただけて、光栄というか。ありがとうございます」

姿勢を正して頭を下げる直哉が、律儀過ぎて何だかおかしかった。

「君は結花によくしてくれているようだし、黙って話を聞いてくれたから。久しぶりだな、別れた嫁さんの話なんかしたの」

不思議だ。直哉に打ち明け話をした後の、胸の奥がすっと澄み切るこの感覚は、いったい何だろう。

理由はよく分からない。彼ならどんな話でも、受け止めてくれるような気がしたのだ。年下の男に包容力を感じるなんて、きっとおかしい。結花にさえ言ったことがないような、父親の矜持《きょうじ》まで持ち出した自分のことが、怜司はとても照れくさかった。

「独身の君には、つまらない話だっただろう。忘れてくれていいから」

「忘れません。忘れたくないですよ、大切な家族のお話じゃないですか」

「家族ね……。一般的には、我が家はいびつに見えるんじゃないかな。君のようにすぐ肯定してくれる人は、少数派かも。実際に厳しいことを言われた経験もあるしね」

会社勤めをしていた頃の上司や、結花の同級生の保護者の一部からは、「奇妙な親子だ」と面と向かって毛嫌いされたこともあった。

親子の形、家族の形は、千差万別のはずなのに。周囲の目は時として理不尽に、怜司の幸せの価値観を狭めてしまう。

「許せませんね、その厳しいことを言った相手。きっと高遠さんと結花ちゃんの事情を知らずに、適当に非難したんですよ」

「どうして君が怒るの」

「悔しいじゃないですか。悪いことをした訳でもないのに、薄っぺらい常識でしか物事を考えられない人に、一方的に責められるのは」

「君――」

憤る直哉の、瑞々《みずみず》しい正義感が、怜司には眩しかった。彼のような人間なら、理不尽の矢面に立って、何の後ろめたさも感じずに戦えたかもしれない。

でも、親子の時間を優先したいあまり、パワハラを仕掛けてくる上司に屈して、怜司は結局大富士建設を退職してしまった。今はその上司は関西の支社に転勤していて、空いたポジションには、かつての同僚だった今泉が就いている。今泉から下請けの仕事が回ってくるくらいには、元いた会社と怜司の関係は良好だ。

きっとこれが、大人になるということなんだろう。わだかまりがありながら、昔はあったはずの潔癖さをどこかで忘れて、年齢を重ねた。結花と親子でいたいという、その思いだけを頼りにして、嫌なことにも、自分の弱さにも目を瞑《つぶ》って暮らしてきた。

（だから余計に、彼のことが眩しく見えるんだ。……橘川直哉くん、か。俺とも、今まで俺

の周りにいた人たちとも、少し違う）

　カウンターの隣で、カレーをたいらげていく直哉を、そっと盗み見る。わんぱくそうに、大盛りのご飯を頬張った彼が、少し遠い目をしながら囁《ささや》いた。

「俺は、高遠さんのような親子の関係が、羨《うらや》ましいです」

「…そう？　初めて言われたよ、そんなこと」

「結花ちゃんが、高遠さんのことをいつも楽しそうに話すのを聞いていて、微笑ましいと思っていました。いい親子って、一言で言うのは簡単だけど、二人のことを尊敬します」

「どうもありがとう。おじさんになるとめったに褒められないから、年下の人の厚意はありがたく受け取っておくよ」

「そんな――。高遠さんは俺と、そんなに歳は変わりませんよね？」

「三十二歳は立派なおじさんだと思うけど」

　さんじゅうに、と直哉の引き締まった唇が復唱する。二十七歳の彼は、二十歳の娘がいる怜司のことを、あらためてどう感じたのだろう。

「あの……高遠さんは、美人なお父さんだと言われたことはありませんか……？」

「あっはっはっは！　何だそれ！」

　弾けたように笑って、怜司はカウンターに突っ伏した。直哉は好青年を通り越して、天然なのかもしれない。

「そ、そんなに笑わないでくださいよ。俺は正直な気持ちを言っただけで」

「ぷくっ、くっ、くっ。君はおもしろいな。よくそれで銀行の融資係なんてやってられるな」

「それは偏見ですっ。――高遠さんこそ、美人で綺麗《きれい》でスタイルがよくて、その上娘さんに愛されているなんて、反則です。妹に毛嫌いされている俺のメタボな父親が聞いたら嫉妬しますよ」

「くくっ、あっはっはっ。お願いだ、もう笑わせないでくれ。苦しいよ」

怜司はお腹を抱えて、涙目になった瞳を瞬いた。

不思議なことが、また一つ起きた。綺麗だ何だと、外見のことを言われるのは苦手なのに、天然な直截の褒め言葉は、怜司の耳に心地よく響く。こんな相手に出会ったのは初めてだ。

「どうしちゃったの、高遠さん。はいお水のおかわり」

「ありがとう、マスター。隣の若者が、無邪気に変なことばかり言うから、ついおもしろくてね」

赤くなった目尻を擦《こす》りながら、怜司はコップを受け取った。

「ひどいです、たった五歳の違いじゃないですか。子供扱いしないでください」

「こんな大きな子供がいてたまるか。君は何かスポーツでもやっていたの?」

「あっ、はい。中高とバスケをやっていて、レギュラーでした」

「ああ…、どうりで背が高いと思った。君は天然な性格そのまま、すくすく伸びたって感じだな」

「俺は天然じゃないです。正直なだけです。本当に高遠さんは、素敵な人だと思います」

「そういうところが天然っぽいんだけど。スポーツをやっていた君が、今は料理教室に通っているなんて、意外だね」

「よく言われます。でも、俺には昔から夢があって」

「夢？」

その単語を、てらいなく言葉にできるのは、若者の特権だと思う。怜司は興味を抱いて、直哉の顔を覗《のぞ》き込んだ。

「はい。俺、自分の店を持ちたいんです。昔から一国一城の主《あるじ》というのに憧れていて、調理師免許を取って、いつか小さなカフェを開きたいな、って」

「カフェ――」

はい、と照れくさそうに返事をして、直哉が頭を掻《か》いている。彼の顔は、とっておきの秘密を打ち明けた時の、少年の顔に似ていた。

「へえ、安定した銀行マンには、まずいないタイプだな。個人店のカフェ経営の厳しさは、君も知っているだろうに」

「はい。でも、自分の好きなことを仕事にできたら、最高だと思うんです。銀行の仕事も好きですけど、自分が作った料理や、こだわりの豆で淹《い》れたコーヒーなんかを、直接お客さんに出すのって、いいな、って。本当にまだまだ、ただの夢なんですけど」

「君はまだ二十代なんだから、夢を叶える時間は、たくさんあるじゃないか。調理師免許も、取って邪魔になるものではないだろうし。……そうか、カフェか。びっくりしたけど、いい夢だね」

「ありがとうございます。教室の仲間は、みんな料理は趣味で留《とど》めていて、こういう真面目《まじめ》な話はあまりできないんです。職場の同僚に打ち明けても本気にしてもらえないし、高遠さんに聞いてもらえて、嬉しいな」

「そう言えば、結花が君の料理をとても褒めていたよ。初級コースじゃもったいないって」

「初級コースは、基礎を一から教えてもらえますから。他にも、資金繰りや経営手法は、融資の現場でノウハウを学んでいる最中です」

「堅実だね。そういう人は、夢を夢で終わらせない力があると思うよ」

「本当ですか？　個人で事務所を開いている高遠さんにそう言ってもらえると、とても心強いです」

「俺の場合は、必要に迫られただけだから。あ、そうだ。君のカフェの、設計のご依頼をお待ちしております。具体的な話になったら、いつでも声をかけて」

「はい、ぜひっ」

瞳を輝かせて返事をする直哉が、年下の素直な男そのもので、何ともかわいらしかった。

世知辛く、厳しいこの世の中でも、夢が叶うように彼にはがんばってほしい。銀行マンという肩書を、彼が現実的に捨てられるかどうかは、その夢の大きさ次第だ。

「――マスター、ごちそうさま。お勘定」

「はーい、ありがとうございますー」

二人分の伝票を手に取って、怜司はカウンターの向こうへとそれを差し出した。直哉が慌てて、スーツの胸元から財布を出そうとしている。

「いいよ、俺の奢《おご》り」

「いけません。誘ったのはこっちです、ここの払いは俺が」

「若者らしい夢の話を聞けたし、懐かしい味も楽しめて、君には感謝しているんだ。年上の顔を立ててくれ。ね？」

「あ……っ」

ぱあっ、と、まるでマンガの効果音が直哉の頭上に現れたように、彼の顔が真っ赤になった。何故《なぜ》ここで赤面するのかよく分からない。直哉は口をぱくぱくさせて、あうあう言っている。

「ね、って、そんな綺麗な優しい顔で笑って、ね、って、本当に、反則」

「何？」

「何でもありません……っ。ありがたく、ごちそうになります」

「うん、それでいい」

怜司は勘定を済ませて、小さなカレー店を後にした。これからまた次の現場に移動しなければいけない。後ろをついて歩いている直哉へと振り返って、怜司は駅の方を指差した。

「俺はこっちだから。君も外回りの途中だったんだろう？」

「はい」

「午後の仕事がんばって。それじゃ」

ランチを終えた神田のビジネスマンたちの群れへ、怜司も混ざっていく。結花以外の相手と、楽しい食事をしたのは久しぶりだった。

（偶然だったけれど、いい時間を過ごしたな。またガード下の現場に来る時に、彼と出くわすかもしれないな）

さっきの夢の話の余韻か、ふふ、と怜司の口元に笑みが浮かぶ。直哉に会ったことを、結花に話したら、どんな顔をするだろうか。うっかり焼きもちを焼かれたら、こっちが傷付くかもしれないけれど、愛娘に伝えておきたい。——いい友人ができたね、と。

（友人で留めておいてほしいのは、父親の我儘《わがまま》なんだろうか）

埒《らち》もないことを考えながら、笑みを苦笑へと変えていく。作業服のポケットからパスケースを取り出していると、駅の入り口で、ぐいっ、と腕を摑《つか》まれた。

「高遠さん——」

田駅
KANDA ST
東口

「うわっ」

驚いて後ろを振り向くと、直哉が立っていた。走って追い駆けてきたのか、彼は息を弾ませている。

「どうしたの。忘れものでもしたのか？」

「いいえ…っ。待って、ください。高遠さんに、伝えたいことが、あります」

「う、うん。何？」

「俺と、また会ってもらえませんか。また一緒に、食事をしませんか」

「え……。ああ、別にかまわないけど、今度は結花と一緒の時にしようか。その方が君も楽しいだろう」

「い、いえっ、あのっ」

ぎゅう、と怜司の腕を握り締めたままの手に、直哉は力を込めた。

「個人的に、俺と会ってください。結花ちゃんとは別に、俺と、二人きりで」

「君と二人きりで——？」

「はい。俺、高遠さんに、一目惚《ひとめぼ》れをしました」

「は……？」

かくん、と怜司の頭が、右側に傾く。結花に、もう一度言って、と促す時の、怜司の癖《くせ》だ。

「お願いします。高遠さん。俺とお付き合いをしてください」

「え？　ちょっ、ちょっと……」

「あなたのことが好きです」

――好き？　直哉が何を言っているのか分からない。音声だけが怜司の耳に響いてきて、その意味を考えるはずの頭がついていかない。

爽やかな好青年だと信じていた男が、意味不明なことを言いながら、怜司の目の前で頭を下げる。

「お願いします！　俺を高遠さんの恋人にしてください。あなたのことを、必ず幸せにしますから」

「恋人って……っ」

瞬間的に、怜司は頭が真っ白になった。そこまで言われて、やっと怜司は、自分が直哉に告白されていることに気付いた。

「え……っ…、えっと……」

白昼の告白劇をちらちら見ながら、ビジネスマンやOLたちが、駅の構内へと歩いていく。好奇な視線に我に返って、怜司は仕事道具を入れた鞄を、胸に抱き締めた。

「悪いけど、幸せなら、間に合っています」

「高遠さん……っ！」

「お、俺もっ、君の幸せを心から祈っているよ。それじゃ！」

取り繕うようにそう言って、怜司は脱兎《だっと》のごとく逃げ出した。それきり後ろを振り返らずに、改札口を抜けて、ホームまで一気に駆け上がる。

（一目惚れ？　お付き合い？　幸せにするって――、何を言ってるんだ、あの男は！）

タイミングよくやって来た電車に飛び乗って、早く閉まれ、早く閉まれ、とドアを睨《にら》む。

いつもの十倍くらい停車時間を長く感じた後で、電車はやっと神田駅を後にした。

2

カタカタカタ、と連続して響いていたキーボードのタイプ音が、不意に止まる。入力を間違えた数値を正常に戻して、キーを打ち直しては、また中断する。

「……はあ……っ、何度目のミスだ、これ」

今日は朝から、ずっと溜息を零《こぼ》している気がする。仕事中は冴えているはずの怜司の頭が、靄《もや》がかかったようにぼうっとしていて、集中できない。パソコンのモニターに表示したグラフィックも、建物の形を成していなくて、結局最初からやり直しになってしまった。

「納期が近いのに。何をやっているんだ、もう」

がしがし、と頭を掻いて、怜司はデスクを離れた。オフィスの小さな給湯設備でコーヒーを淹れて、気分転換にそれを飲む。

今日は朝からミスばかりで、仕事に身が入らない。もやもやしている頭の中に、怜司の集中力を削《そ》ぐ男の声が響く。

『俺、高遠さんに、一目惚れをしました』

『あなたのことが好きです』

直哉からの突然の告白だった。会って二度目の、それも五歳も年下の男に好きだと言われてしまった。できることなら、昨日彼と会ったことも、一緒に昼食を摂ったことも、なかったことにしたい。

（冗談もたいがいにしてほしい。二十歳《はたち》の娘がいるオヤジを捕まえて、一目惚れとか、ある訳ないだろう）

実は怜司が男に告白されるのは、今回が初めてじゃない。並以上に綺麗な顔が災いして、中学生の頃に部活の先輩に告白されたのを皮切りに、高校、大学、社会人になってからは酒の席などで、何度か同性に言い寄られている。そのたびにお断りをして、気まずい思いをしてきたのだ。

（いったい何なんだ、彼は。この歳になって、あんなに面と向かって、好きだと言われるなんて思わなかった）

直球の直截の告白が、一日経《た》った今も怜司を動揺させている。ぐいっ、とコーヒーを飲み干して、恥ずかしいのが半分、情けないのが半分で、シンクに乱暴にマグカップを置いた。

怜司の恋愛経験の相手は、当然異性で、同性はまるきり対象外だ。離婚をしてからは、仕事と子育てが忙しくなったこともあって、もう何年も恋人を作っていない。そちらの方が、誰かに恋をするよりもずっと楽しくて、喜びがあると思ってきたからだ。

口の悪い友人の今泉に言わせれば、怜司は「枯れている」ということらしい。それでも、男に告白されて喜ぶほど、怜司は恋に枯れてはいないし、逆に飢えてもいない。

（俺のことは、気の迷いで済ませてくれたらいいけど。彼の前から慌てて逃げ出したのは、やっぱりみっともなかった。もっときっぱり断るべきだった）

昨日の直哉を思い起こすたびに、胸がじりじりしてきて、怜司はどうしていいか分からなくなる。まっすぐにこっちを見つめて、好きだと言った彼。気の迷いや勘違いにしては、直哉の瞳は真剣だったように思う。

（それが逆によくないんだよ）

昨日の告白は冗談だと言ってほしい。彼には好青年のままでいてほしかった。結花のいい友人でいてほしかったのに。

「……そうだ。結花はこのことは、何も知らないんだ。慕っている友人が、自分の父親に告白したなんて話、俺には打ち明けられないよ」

がくん、と肩を落として、怜司はシンクの前に立ち尽くした。結花にはこのまま黙っておくしかない。自分さえ口を閉ざしていれば、結花と直哉の関係を壊さずに済む。

「とにかく、彼とはもう顔を合わせないようにしよう。接点がなくなれば、自分が馬鹿なことを言ったたって、彼もきっと気付いてくれるだろう」

うん、と自分を納得させて、怜司はデスクに戻った。両手でキーボードを叩いて、仕事を再開しても、心のどこかがすっきりと晴れなかった。

珍しく遅い時間に起きた土曜日、二階の自室で着替えを済ませた怜司は、いい匂いに誘われて、キッチンのある一階へ下りた。長い髪をアップに纏め、エプロンを着けた結花が、テーブルにいっぱい料理を並べている。

「おはよう。どうしたの、このごちそう」

鶏の竜田揚げや、いんげんの牛肉巻き、出汁巻卵《だしまきたまご》、鮪の時雨煮《しぐれに》、エビとブロッコリーのサラダ。ブランチにしては随分手が込んでいて、怜司は眼鏡の下の瞳を丸くした。

「あっ、お父さん起きた？　今お弁当を作ってたの」

「弁当？　今日は大学休みだろう。どこかへ出かけるのか？」

「うん、料理教室の友達と、ランチの約束をしてるの。近くの河川敷に、新しい公園ができたの知ってるでしょ？　そこでみんなで、お弁当を食べようってことになって」

「へえ、楽しそうじゃないか。どれどれ、味見をさせてもらうよ」

フライパンの中にあった、作りたてのジャーマンポテトをつまみ食いしてみる。結花の少し緊張している顔がかわいい。

「どう？　お父さん」

「んー、少しパンチが足りないかな。そこに黒胡椒《くろこしょう》の瓶《びん》があるだろう？　仕上げは父さんに任せて」

「駄目っ。自分でする」

「え？」

「――お父さんに手伝ってもらったら、いつまで経っても上手にならないから」

「熱心に教室に通ってるんだし、結花の手料理はおいしいよ？」

父親の贔屓目《ひいきめ》で励ましたつもりだったのに、結花は首を振った。

「ううん、私の腕じゃ、全然駄目。もっと上手《うま》くならなきゃ、喜んでもらえないもん」

「誰に？　父さんはいつも、結花が作ってくれる料理を喜んでいるけど」

「違うのっ。――お父さんもだけど、あのね、私、好きな人に、自分の料理を『おいしい』って言ってもらいたいの」

「……好きな、人……？」

ゴーン、と頭の後ろで鐘が鳴ったような気がした。いきなり爆弾発言をして、丸い頬を可憐に赤くしている愛娘に、父親はいったい何を言えばいい。

「そ……、そうか。ははは。結花も大人になったってことかな。好きな人か……、そうか、ははははは」

「やだー、言っちゃった。もー、恥ずかしいっ」

ばしん、と照れ隠しに二の腕を叩かれて、心の致命傷を負った怜司は涙目になった。

結花は健全な二十歳の女の子だ。好きな相手ができて当たり前だ。頭ではよく理解しているし、いつかこんな日がくると覚悟していたのに、怜司の心の中は大嵐が吹き荒れている。

「あのね、お父さんには秘密にしてたけど、私ね、その人に会いたくて教室に通ってるの」

「結花――。じゃあ、相手の人は、料理教室の仲間なのか？」

「仲間っていうか……うん、そう。すごく尊敬してる人。いつも魔法みたいな手で料理を作るの。今日のランチに、その人も来るんだあ。だからね、お弁当は全部自分で作りたいの」

うふふ、と微笑んだ結花が、これまで目にしたどの結花よりも、綺麗に見える。怜司は心臓を打ち砕かれたような、大きなショックを受けて、何も言えなくなった。

（好きな男と、一緒に弁当を食べる？　そ、そんなふしだらな子に育てた覚えは……っ）

弁当のどこがふしだらなんだ、と、頭の中でもう一人の怜司がツッコミを入れる。

愛娘の耳まで真っ赤になった顔を見れば、その恋が本物だということはすぐに分かる。結花を恋する女に変えた男が恨めしい。

父親の焼きもちは、とかく醜く、始末に負えないものだ。ぽっと出の男より父さんの方がいいだろう、と主張したところで、愛娘に面倒がられるのがオチだ。

（俺も娘離れをする時が、ついに来たのか）

相手がどこの誰かは知らないが、一生懸命弁当を作る健気《けなげ》な結花の恋が、うまく成就するといい。涙を呑《の》んで愛娘の幸せを祈る、これが父親たる者の引き際なのだ。

ふるふる、と両手を握り締めて、怜司が娘離れに耐えていると、テーブルの上のスマートフォンが鳴った。兎の耳の形のカバーがついている結花の電話だ。

「――はい、もしもし、あっ、萌衣《もえ》ちゃん？　うん、どうしたの……えっ⁉」

驚いた声を出して、結花が電話を握り締めている。何かあったのかと、怜司は少し心配になって、黙って聞き耳を立てた。

「あー…っ、ごめん、私すっかり忘れてて。うん、うん、そう。分かった！　すぐに用意して、そっちに行くから！　また後でね」

通話を切った結花は、慌てた様子でエプロンを脱いだ。作りかけの弁当のおかずを端から端まで一度見て、テーブルの向こう側にいる怜司へと、結花は両手を合わせる。

「お父さん、お願いっ。お弁当を持って、私の代わりに河川敷に行ってきて！」

「ええっ？　父さんがっ？」

「お願い！　私、これから大学の就職説明会に行かなくちゃ。今電話をかけてきてくれた子、同じゼミの子なんだけど、早くしないとエントリー締め切るって」

「結花、お前らしくない。どうしてそんな大事な用事を忘れてたんだ」

「ごめんなさい…っ。お弁当の方に夢中になってて、説明会の日程の確認をしてなかったの。もーっ、どうしてこんな日にブッキングしちゃうんだろう。最悪」

ようは、恋にかまけて自分の将来のことが二の次になっていた、ということか。ああ、まさかおっとりした性格の愛娘が、こんなに情熱的な女の子だったなんて。

(恋は人を変えるって、本当だったんだな)

そんな悠長なことを考えている場合ではない。好きな男とランチタイムを過ごすより、就職説明会を取った結花は、実に賢明な選択をした。さあ早く大学へ行きなさい。男と食べる弁当のことは忘れて、説明会のエントリーをしてきなさい。さあささあ。

「弁当の方は、教室の人に断りの電話を入れたらどうだい？　事情を話して謝っておけば、角は立たないだろう」

「ドタキャンなんて絶対ダメ！　無理を言ってスケジュールを空けてもらったから、今更中止なんて、私嫌われちゃうよ……っ」

「結花――」

ドタキャン程度で嫌うような心の狭い男とは、即刻縁を切ってほしいのだが。怜司のそんな本音は、しゅんとして涙ぐみそうになっている結花を見ただけで、あっという間に霧散してしまう。

「わ…、分かった。ランチの場所は河川敷だね？　弁当は父さんが届けるよ」

「お父さん、ありがとう！　河川敷の公園の前の土手で待ち合わせだから。本当にごめんね。お父さん大好きっ。私着替えてくるねっ」

お父さん大好き、お父さん大好き、お父さん――リフレインする愛娘の言葉を、怜司がじんわり噛《か》み締めている間に、結花はキッチンを出ていく。まだまだ父親は、娘離れができそうにない。

「よ、よーし、父さん張り切るぞ。とりあえず、おかずを弁当箱に詰めないとな。量があるから重箱の方がいいか。見た目はどれも悪くないけど、味は……」

さっき味見したジャーマンポテトとは別に、いんげんの牛肉巻きをこっそり食べてみる。

「薄い……じゃなくて、健康的な味付けだ」

試しに全部のおかずを少しずつ味見して、ううん、と怜司は頭を抱えた。

「努力しているのは分かるけど、どれもこれも、もう二味足りないよ、結花」

おかずの彩りは最高なのに、味付けがマイナスなのはとてももったいない。きっと結花は、朝から早起きをしてこれを作っていたはずだ。どうしたものか、と怜司は小さく溜息をついた。

「お父さーん、行ってくるー。お弁当のことはメールしておいたから、お昼頃に持って行ってねー」

「あっ、ああ、分かった。駅まで車を出そうか？」

「大丈夫ー。じゃあねー」

玄関先でばたばた靴を履いて、結花はキッチンに戻って来ないまま、大学へと出かけていった。ぽつん、と取り残された怜司は、一人テーブルの前で腕を組んで、おかずを見つめながら葛藤した。

「正直に言って、これはちょっと、人に食べさせるのはどうだろう。作り直すか。いやでも、結花は全部自分で作りたいと言っていたしな」

愛娘の健気な努力は無駄にしたくない。でも、結花の意中の男が、この弁当を食べたら、結花のことを嫌いになってはしまわないだろうか。

「俺としてはその方が――、ああ、最低だ。最低の父親だ」

手の甲を思い切りつねって、意地の悪いことを考えた自分を戒める。ここは娘の名誉と、恋のために、父親が一肌脱ぐべきだ。

「っし。待っていろ、結花。お前の弁当を、父さんがとびきりおいしくしてやるからな」

怜司は鼻息荒くシャツの袖を捲《まく》って、フライパンの載ったガス台に火を点《つ》けた。


「うわ……、ススキの穂がいっぱいだ。風があって気持ちいいな」

待ち合わせの河川敷の公園は、自宅から歩いて十五分くらいのところにある。何年も前から護岸の改修工事をしていて、今年の夏頃に、新しく野球のグラウンドと、公園ができた。

「えっと、料理教室の人たちは、どの辺にいるんだろう」

重箱が入ったクーラーバッグを提げて、怜司は土手の周りを見渡した。歩道に沿って造られた公園の花壇には、秋の花々が咲いていて、寒くなるまでの短い季節の美を競っている。教室仲間にいるという、結花の好きな男は、どんな男なのだろう。早々に退散させてもらうつもりだが、できれば相手の顔を確認したい。すると、花壇のずっと向こうにあるベンチで、怜司に向かって手を振っている人がいた。

「高遠さーん！　こっちですー！」

目の錯覚か、持病のドライアイの症状か、千切れんばかりに振っているその手が、大きな犬のしっぽに見える。怜司は思わず両目を手で擦って、もう一度ベンチの方を見た。

「高遠さーん！」

「まさか…っ、橘川――直哉くん？」

たたっ、と跳ねるようにして、大型犬ならぬ直哉が、土手を駆け上がってくる。怜司が怯《ひる》む隙もなく、彼の長いジーンズの足は、あっという間に花壇を飛び越えて、ススキが揺れる歩道まで辿《たど》り着いた。

「こんにちは。またお会いしましたね」

「き、君、どうしてここに」

「結花ちゃんとランチの約束をしていたんですけど、急用ができたってメールをもらいました。高遠さんが代理で来てくれるなんて、思ってもいなかったから、嬉しいです」

へへ、と直哉にはにかまれて、怜司は面食らった。直哉のことなんて、結花は一言も言っていなかったのに。彼が来るなら先に教えておいてほしかった。

（どういうつもりなんだ、この男は。俺に好きだとか言っておいて、気まずいとか、ないのか。俺はこの間、ふったつもりだったのに……っ、もしかして、この男は天然なだけじゃなくて、おそろしく鈍いのか？）

怜司は不思議でたまらなくて、直哉の真意を探ろうと、眼鏡の位置を直した。でも、どんなに目を凝らしても、彼はにこにこするだけで、笑顔に裏があるようには見えない。

「下のベンチへ行きましょう。俺、腹がへっちゃって。高遠さんも一緒に食べましょうよ」

「ちょっと、待っ」

「滑りますから気を付けて」

そう言うと、直哉は怜司の手を取って、枯草が点々とする土手のコンクリートの階段を下り始めた。

「直哉くん、手、手っ。一人で下りられるから」

怜司は取られた右手を激しく振った。でも、直哉は強い力でいっそうその手を摑んで、少しも離そうとしない。

「駄目です。大事なお父さんを転ばせでもしたら、結花ちゃんに怒られます」

「君にお父さんと呼ばれる筋合いはない……っ」

「すみません。じゃあ、怜司さん」

「はあっ？」

「いつまでも名字で呼ぶのは、よそよそしいじゃないですか。怜司さん——、いいなあ、怜司さんの名前って、怜司さんっぽいです。綺麗な人の名前だ」

三十二歳の子持ちの男に、臆面もなく綺麗だと言うのはやめてほしい。男どうしで手を繋ぐのも勘弁だ。

「訳が分からない。君、もしかして酔っているのか？」

「酒はまだ飲んでいませんけど、手製のサングリアならありますよ。お弁当と一緒に持って来ました」

「サングリア？　ワインにフルーツを入れたあれか。君が作ったのか」

「はい。田舎にいる家族にはとても好評なんです。怜司さんの口にも合うといいですけど」

「俺は別に、飲むとは一言も言っていない」

酒好きの人間に、酒の話をしてはいけない。用を済ませてすぐに退散しようと思っていたのに、怜司の頭の中を、サングリアが占めてしまう。

（駄目だ、駄目だ、彼のペースに巻き込まれては。俺は帰る。飲まずにすぐ帰るぞ）

心で抵抗しても、結局怜司は、直哉に繋がれた手を解《ほど》くことができないまま、ベンチまで連れてこられた。そこは屋根のついた東屋《あずまや》のような造りになっていて、直射日光を遮り、川面を渡る風が涼しい。

「いい天気ですね、今日。野外で食事をするのにぴったりです」

「あ…、ああ、確かに」

「俺の家族はキャンプが好きで、俺が上京するまではよく海や山に出かけたんですよ。その影響か、俺もアウトドア派になってしまって、今日はいろいろ装備を持って来ました」

ベンチと一体になっている木製のテーブルに、直哉がコーヒーを沸かせる小さなコンロを置く。ステンレスの皿や、カトラリー、そして彼が作った弁当と、サングリアを入れた透明なポット。それらを次々に並べていく彼の態度が、鼻歌混じりの暢気《のんき》なものだったから、怜司は拍子抜けした。

（俺に告白したことを、忘れているような態度だ。そうか、彼も本当は気まずくて、俺の前では平気なふりをしているのかもしれない。それなら、こっちも変に意識させない方がいい）

怜司に責任はないとはいえ、年下の若者に、道を踏み外させるところだった。鼻歌の裏で、彼が失恋を忘れようとしているのなら、その演技はとてもいじらしい。

（……何だ、やっぱり直哉くんは好青年じゃないか。彼のためにも、あの告白はなかったことにしてあげよう。俺もその方がいい）

父親として培った、年上の男の包容力を見せてやる。怜司はそう思って、肩から提げていたクーラーバッグを開けた。

「これ、結花に頼まれた弁当。人数が分からなかったから、おしぼりと割り箸は適当だ」

「ありがとうございます。うわあ、これはおいしそうですね……っ」

早速重箱の蓋《ふた》を開けた直哉が、感嘆の声を上げる。運動会で食べる弁当のような、気合の入った華やかな詰め方をした甲斐《かい》があった。伊達に何年も、父子家庭の料理担当をやっていない。

「いただいていいですか？　もう待ち切れません」

「どうぞ食べて。……でも、他の人は？　待たなくてもいいのかい？」

「あっ、結局集まれなかったんですよ。みんないろいろ予定が重なってしまったみたいで。結花ちゃんにも今朝、連絡が回っていたはずなんですけどね、聞いていませんか？」

「いや、俺は結花からは何も——」

「おかしいな。行き違いになったのかな」

直哉が不思議そうな顔をして、首を傾《かし》げている。話が噛み合わなくて、怜司も同じように首を傾げた。

（変だ。誰も集まらないことを知っていたんなら、どうして弁当を作る必要があったんだ？　結花は俺を代理にするくらい、ドタキャンを避けていたのに）

結花は好きな男と一緒にランチを過ごすことを、とても楽しみにしていた。あんなに頬を赤くして、あんなに可憐な顔で、怜司に恋を打ち明けてくれたのだ。

きっと今日のランチは、結花にとってはデートだったに違いない。好きな男が待っていると、そう確信していたから、一生懸命に弁当を作っていたんだろう。

（……ということは、今ここにいる男が、結花の好きな男なのか……？）

怜司は恐る恐る、『その男』を見つめた。

結花が心を込めて作った弁当。それを食べることを許された、愛娘の恋の相手――。

（まさか）

いつかの『嫌な予感』が、怜司の頭をよぎった。まさか、まさか、結花が好きになった男は、目の前の彼。瞳をきらきらさせて両手を合わせている、橘川直哉、二十七歳、銀行マン。

「君は、本当は結花と二人で、ランチの約束をしていたんじゃないのか？　だからここで待っていたんだろう」

「いいえ。教室の仲のいい先生や、同じ班の子たちが集まる予定でした。欠席の連絡が回ってきたのが、お弁当を作った後だったんで、家で一人で食べるのもつまらないと思って、ここへ来てみたんです。そうしたら怜司さんが現れたから、びっくりしました」

「俺が来なかったら、結局一人じゃないか。変わった人だな、君は」

「でも、結果的に怜司さんに会えたから、今日はラッキーです。もう本当に、空腹なんでいただきますっ。――んっ、この鶏の竜田揚げの甘酢餡かけ、おいしいですね！」

「……そ、…そう？」

「はいっ」

ひくく、と怜司は頬を引き攣《つ》らせた。屈託なくおかずを頬張る姿を見ても、直哉への疑念が消えない。『嫌な予感』が当たってしまったんだろうか。本当に、本当に直哉が、結花の好きな男なんだろうか。

考えられない。考えたくない。直哉は怜司に、好きだと告白した男だからだ。

「こっちのジャーマンポテトも、黒胡椒がすごく効いていて、最高です。俺のお弁当も、よかったら食べてみてください。こんなに上手な味付けじゃないですけど、あっ、サングリア注《つ》ぎますね」

ひくひく、頬の引き攣りが収まらない。怜司が混乱し切っていることも知らずに、アウトドア用のタンブラーに、直哉はフルーツごとサングリアを注いで差し出してくる。彼が作ってきた弁当の中の、オードブルのように洒落《しゃれ》た盛り付けをした、小鰯《こいわし》のマリネを添えて。

「はい、どうぞ怜司さん。両方味見してみてください」

「……あり、がとう」

明るい昼間なのに、視界が真っ暗になって、今にも意識を失いそうだ。怜司はどうにか両手でタンブラーを持ち上げて、気付け薬のつもりでサングリアを飲んだ。

「これは——」

赤ワインに溶け込んだフルーツの風味が、怜司の喉《のど》をするりと駆け抜けていく。一口では足りなくて、すぐにタンブラーの半分ほどを空けると、直哉は嬉しそうに微笑んだ。

「うまいでしょう？　怜司さんがいける口だったなんて、嬉しいな。このマリネがまた、サングリアにぴったりなんですよ」

直哉に勧められるまま、小鰯のマリネを食べてみたら、こちらもやみつきになる味だった。怜司は、ううう、と唸《うな》って、頭痛を起こした時のように、眉間を指で押さえた。

（うまい酒と、うまい料理を前にして、こんなに悩まされるのは初めてだ）

結花が好きな男のデータは、怜司が知っている限りでは、教室の仲間で、料理上手で、尊敬している人。前に結花は、直哉のことを仲間内のリーダー的な存在だと言って、料理の腕前とともに褒めちぎっていた。――駄目だ。全ての状況証拠が、直哉が結花の恋の相手だと物語っている。

（まるで犯人捜しじゃないか、これじゃ。もう嫌だ。こんなこと考えたくない。家に早く帰りたい）

何が悲しくて、愛娘が恋をしているかもしれない男と、弁当を囲まなくてはならない。お前は父親の敵か、と、直哉にはっきり確かめることができれば、こんな苦労はしない。でも、それを実行したら、結花の想いが直哉に知られてしまう。

（結花のあの様子だと、まだ本人に気持ちを伝えていないはずだ。俺がデリカシーのないことをして、結花を悲しませでもしたら、それこそ最悪だ）

父親としては、じっと黙って、状況を見極めるしかなかった。ステンレスの皿の上に、直哉が勝手に盛り付けていくおかずやいなり寿司を、怜司は泣く泣く口にする。

ブリの照り焼き、甘辛さが絶妙。いなり寿司、店で買ってきたようなプロの味。チーズ入りミートボール、ナツメグとチーズの塩梅が最高。直哉が作った料理は、どれも腹が立つほどおいしい。思わず賞賛せずにはいられないくらいに。

「――君、いい腕してるな」

もそもそと三個目のいなり寿司を食べながら、怜司はそう呟《つぶや》いた。奇妙なことに、彼の料理を食べていると、だんだん混乱していた頭が落ち着いてくる。

いなりの寿司飯に混ぜ込んである、ゴマの香りがいい。直哉の料理はどれも手慣れていて、結花と同じ初級コースの教室に通っている生徒のものとは思えなかった。

「君は毎日料理をしているだろう。下拵《したごしら》えをしっかりやっているみたいだし、食材の扱いにも慣れている」

「分かります？　一人暮らしだし、カフェを開く修行のつもりで、マメにやってるんです。元々、家でも俺が料理当番だったんですよ」

「それくらいでないと、この味はきっと出せないな」

「うちは母親が早くに亡くなっていて、家事は分担制なんです。手先の器用な俺が、何となく子供の頃からキッチンに立たされてましたね」

「お母さんが……。悪いことを聞いてしまったかな」

「いいえ、全然。俺が覚えている母親のレシピって、このいなり寿司だけなんです。だからつい、運動会や花見や、イベントの時のお弁当にはこれを作っちゃって、父親なんかは懐かしいって喜んでくれます」

直哉はそう言って、いなり寿司にぱくりと齧《かじ》りついた。

(そうか。彼も母親がいないのか)

結花の場合は、死別ではないけれど、母親と離れて暮らして七年位になる。片親の寂しさは、表面に出さなくても結花の心の奥にきっとあったはずだ。自分と直哉との共通点を見付けて、結花は彼に魅《ひ》かれていったのかもしれない。

「結花ちゃんのお弁当、本当においしいですね。盛り付けも華やかで綺麗だし、箸が止まりません」

「あ、いや、それは――」

言葉通りに、直哉の箸は、重箱と皿と口の間を何度も行き来している。弁当の味を褒められて、怜司は複雑な気分になった。彼が食べているおかずは全部、結花が作ったものを怜司が味付けし直したものだからだ。

(せっかく、結花のことを褒めてくれたんだ。本当のことは言わなくてもいいか)

直哉の中で、結花の点数が上がるのはいいことだ。父親の事情はとりあえず脇によけておいて、愛娘のことだけを考えよう。自分にとって一番大事なものは何か、これさえはっきりしていれば、怜司は迷わずに済む。

「この弁当、結花が朝から張り切って作っていたんだ。教室に通うようになって、腕前がだいぶ上がったよ」

サングリアを飲みながら、怜司は小さな嘘をついた。

直哉にもっと、結花を褒めてもらいたい。これは親バカじゃない。料理を作るのに意欲的で、素直でかわいい女の子のことを、嫌う男なんていないはずだ。結花が直哉のことを好きだというのなら、父親の怜司にできるのは、愛娘の恋路を邪魔しないことだけだ。

「結花ちゃんは、とても真面目で熱心な生徒です。今時いない古風な子だって、教室では評判ですよ」

「そ、そうかい？　まあ、人に好かれる子だとは思っているんだけどね」

「はい。いつも明るい結花ちゃんを見ていたら、いい家庭で育ったんだって、すぐに分かります。このお弁当も、家庭的で優しい味がします」

おかずを頬張るたびに、直哉が嬉しそうに微笑むのを見て、怜司の胸のどこかが、きゅっ、と鳴る。彼に嘘をついている罪悪感なのかもしれない。

（結花。直哉くんは、お前の弁当を喜んで食べてくれているよ）

直哉とこうしてランチを過ごすのは、本当は怜司ではなく、結花だったのに。愛娘のデートに父親が代理に来るなんて、まるでコントだ。前代未聞だ。

（ごめんな、結花。でも、デートより就職説明会を取ったお前は、偉い子だ。父さんの自慢の娘だよ）

おかしい。初めて食べた時よりも、おかずが少ししょっぱい気がするのは何故だろう。代理デートを心の中で嘆いているから、涙の味が混ざってしまったんだろうか。

家に帰ったら、思い切り結花の頭を撫《な》でてやろう。そんなことを思いながら、結花の代わりに、直哉の弁当に舌鼓を打つ。二人分にしては随分ボリュームのある弁当を空にして、食後のコーヒーを飲む頃には、怜司は満腹で動けなくなっていた。

「――ああ、もう夕飯も入らないよ。ごちそうさま」

「ごちそうさまでした。おいしかった」

直哉がコンロで淹れてくれたコーヒーの香りが、川風に乗って辺りに散っていく。静かだった河川敷は、いつの間にか犬の散歩や昼寝をする人が増えていた。すぐに帰るつもりだったのに、腕時計を確かめてみると、二時間もランチに費やしていて、怜司はびっくりした。

「こんなにゆっくり食事をしたのは久しぶりだ。この間のカレーも懐かしかったし、ありがとう、直哉くん」

「俺も、また怜司さんとご一緒できて嬉しかったです」

「コーヒーも、うまかったよ。――じゃあ、そろそろ解散しようか」

「あ…っ、送って行きます。荷物持ちますね」

空になった重箱なんて、たいして重たくないのに、直哉はクーラーバッグごと怜司の荷物を持ってくれた。今日は彼といろいろ話せたからか、紳士的なその態度に、怜司は素直に好感を持った。

(彼のことを知れば知るほど、好青年だと分かる。これは……結花が好きになっても、仕方がないな……)

はあっ、と小さくついた溜息は、父親としてもう観念しろ、と、自分自身を戒めるためだった。これからは結花の恋を黙って見守ろう。直哉と怜司が、こんな風に二人きりで接するのも、今日で最後だ。

土手を上がり、来た時と同じように歩道のススキを眺めながら、家路につく。歩いて十五分のところにある、小さな設計事務所兼自宅を見て、直哉は瞳を瞬かせた。

「ここが怜司さんの城なんですね。もしかして、設計は自分でされたんですか?」

「半分はね。自宅部分の上物《うわもの》はあったから、それを生かして、オフィスを併設したんだ」

「ガラス張りのアトリエみたいです。住宅街に溶け込んでいて、何だかかわいいな」

「小さいって言いたいんだろう?」

「違いますよっ」

慌てて否定している直哉の姿がおかしい。くすくす怜司が笑っていると、直哉は一瞬、黒く輝く瞳を細めてから、クーラーバッグを差し出した。

「はい、これ。今日は本当にありがとうございました」

「こちらこそ、荷物持ちをさせて悪かったね。よかったら寄っていくかい？　お茶くらいなら出すよ」

「いえ、今日はこのまま帰ります。――あの、怜司さん」

クーラーバッグを肩に引っ掛けて、怜司は直哉を見上げた。長身の彼の顔が、思ったよりも近いところにあって、どくん、と訳もなく心臓が鳴った。

「怜司さんの手料理、また食べたいです。今度は俺の部屋で作ってください」

「え……？」

「結花ちゃんのあのお弁当は、本当は怜司さんの味付けですよね」

どくん、とまた心臓が鳴り響く。驚きで、怜司の瞳が大きく瞬きをした。

「き、君…っ、気付いていたのか――？」

「すみません。結花ちゃんの味付けと全然違うから、すぐに気付きました。彼女があまり料理上手でないことは、教室のみんなが知っています。重箱の盛り付けも、結花ちゃんはあんなに綺麗にはできません」

「なっ、何で黙っていたんだ。ごまかし続けたこっちが馬鹿みたいじゃないか。気付いていたんなら、先に言ってくれ」

「言えないですよ。優しいお父さんだなって、食事の間じゅう、ずっと感動してましたから」

ふふ、と笑みを浮かべた直哉の顔が、とても意地悪に見える。恥ずかしさや、ばつの悪さも相まって、怜司は首の後ろまで真っ赤になった。

「怜司さん」

いつになく低い声で呼んで、怜司が体を寄せてくる。長身の迫力を感じて、無意識に後ずさった怜司の背中に、玄関ポーチの石の塀が、硬く触れた。

「教室に通って一年近くになるのに、どうして結花ちゃんの腕前は上がらないんでしょうね」

「そ……、それは、俺も、不思議に思っている」

「——彼女は料理を習っている時、しょっちゅう上の空になるんです。包丁を落としたり、調味料の分量を間違ったり。結花ちゃんがそうなる理由を、俺だけが知っています」

「え…っ。どういう、ことなんだ。教えてくれ」

「お父さんには秘密です」

怜司を煙に巻くように囁いて、直哉は体を離した。石の塀にぴったりくっついていた怜司の背中は、知らない間に汗をかいていた。

「結花ちゃんに、調理中はよそ見をしないで、集中して、って伝えてください。それでは、俺はこれで失礼します」

「直哉くん、ちょっと待って——待ちなさい」

「今日、一緒に過ごして分かりました。やっぱり怜司さんは、俺が思っていた通り、素敵な人でした」

「何の話だ。今は結花のことを」

「怜司さん、あなたのことが諦《あきら》められません。好きです」

「……直哉くん……っ？」

「早く俺の方へ振り向いてください。おいしいものと同じで、俺はあんまり、待てができない性格ですから」

じゃあ、と言い残して、直哉は駅の方へと向かって去っていく。追い駆けて彼に問い質《ただ》したくても、怜司はまるで足に根が生えたように、一歩も動くことができなかった。

「嘘──だろう？」

直哉の二度目の告白が、怜司の頭の中を再び真っ白にしていく。怜司はポーチの前に立ち尽くして、だんだんと小さくなる直哉の背中を、見つめ続けることしかできなかった。

3

「――はあ」

この日何度目かの溜息をついて、怜司は痩身の肩を落とした。怜司は今、かつてないほどの岐路に立たされている。

三十二年の人生の中で、選択を迫られた瞬間は何度かあった。大学進学、就職、結婚、離婚、退職、それらのどれとも種類の違う、とても難しい岐路に立ち、途方に暮れている。

(愛する娘の想い人が、俺に好きだと言ってきた)

平穏な暮らしをしている男には、年下の男に告白をされただけでも、ショックな出来事だったのに。その男に結花が想いを寄せているなんて、いったい何のバチが当たったんだろう。

(いや、まだだ。まだ確定はしていない。彼のことを、結花が好きなのかどうかは、俺のただの憶測だ)

その憶測は限りなく確証に近くて、怜司の頭を悩ませる。河川敷で直哉と過ごした日、大学から帰った結花は、弁当を届けたお礼に、ケーキを買ってきてくれた。そんな心優しい愛娘に、本当は直哉とデートをするつもりだったんじゃないのかと、デリカシーのない質問はできなかった。他の友達が来られなくなって、河川敷で直哉が一人でいたことも、あえて結花には言っていない。結花が、最初から彼と二人きりで会おうとしていたのだとしたら、愛娘の恋が憶測ではいられなくなりそうで、怖い。

怜司が直哉に告白なんかされなければ、父親として、結花の恋をいくらでも応援できるのに。直哉は怜司が思っていたよりも、単純ではない男だった。

（明るい好青年で、大手銀行勤めの安定したエリートで、うまい料理を作る。少し歳の差はあるが、彼は結花の恋人として、いい条件が揃ってる）

そこまで揃っていて、何故最も大事な部分が、致命的に欠けているんだろう。彼は何故、怜司のことが好きなんだろう。

（こんな中年男の、何がいいんだ。彼のような見た目も中身も優れた男が、どうして。彼はもとから、同性愛者なんだろうか）

もしそうなら、結花の恋は残念な結末になる。他人のセクシャリティにどうこう文句を言うほど、怜司は世間知らずでも子供でもない。実際、過去に何度か男に言い寄られたことがあった。でも直哉は、今まで怜司に告白してきた男たちと、少し雰囲気が違うのだ。

（……彼は、本気だった。本気で二度、俺に好きだと言った）

冗談で済ませられない、逃げ場のないこの追い詰められた感覚は、いったい何だ。彼に諦めてもらわない限り、怜司は結花との板挟みになって、つらい思いをするだけだ。

（彼の気持ちを、結花へ向けてもらう訳には、いかないのかな。彼にとっては、結花はあく

まで、同じ料理教室に通う友人なんだろうか）

怜司はいつもかけている眼鏡を外して、ずきずきと痛む眉間を、指で押さえた。直哉のことを考えていると、決まってこの場所が痛むことに、最近気付いた。彼が怜司を悩ませる理由は、一つじゃない。

『――彼女は料理を習っている時、しょっちゅう上の空になるんです。包丁を落としたり、調味料の分量を間違ったり。結花ちゃんがそうなる理由を、俺だけが知っています』

『結花ちゃんに、調理中はよそ見をしないで、集中して、って伝えてください』

結花の料理の腕前がどうして上がらないのか、直哉は知っていた。結花がよそ見をしているのは、同じ教室に好きな男がいて、そいつによそ見をしているからだ。そして、結花の視線の先に自分がいることを、直哉は気付いている。

（彼は、結花の気持ちを知っているのか？　知っているのに、俺に告白してきたのか？）

怜司の想像が当たっているなら、直哉は好青年どころか、とんでもなく悪い男だ。愛娘を相手に、不誠実な態度は許さない。

（彼にきちんと、確かめなければいけない。結花を守ってやるのが、父親の俺の役目だ）

自分のことは二の次でいい。直哉がどんな気持ちを向けて来ようと、受け入れるつもりは皆無だから。

（……娘との三角関係なんか御免だぞ。この歳で言い寄られても困るんだ。ましてや男に）

怜司が恋愛というものから遠ざかって、もう何年にもなる。幼馴染だった結花の母親との結婚は、長い間積み重ねた、家族ぐるみの友情がベースにあった。だから、彼女との恋愛が、本当に純粋な恋愛だったかどうかは、今となっては分からない。でも、彼女以上に好きになった女性は、怜司にはいなかった。

（俺はもう、誰とも恋愛はしないだろうな）

漠然とした思いを抱きながら、怜司は俯《うつむ》いて、また溜息をついた。疲労感の濃いそれが、スラックスの膝へと落ちていく。

この日の怜司は、作業服を脱いで、久々にスーツを身に着けていた。神田駅の再開発に関連したレセプションが、開発元の大富士建設の主催で開かれる。建設業界やマスコミの人間が集まるその場に、怜司も関係者として招待されたのだ。

「お客さん、着きましたよ」

「……ああ。ありがとう」

怜司の乗っていたタクシーが、赤坂のとある有名ホテルのエントランスに停車する。怜司は襟を正して、恭《うやうや》しく出迎えてくれたドアマンに促されながら、レセプション会場のあるフロアへと急いだ。

「高遠、こっちだ。みんな待ちかねてたぞ」

受付の後、立食パーティーが始まっていたバンケットルームに入ると、接待役のバッジをつけた今泉に、早速声をかけられた。彼のそばには、懐かしい設計課の元同僚たちがいる。

「ごぶさたしています、高遠さん」

「久しぶり。みんなあんまり変わらないな」

「高遠主任こそ！　いつ見ても目の保養です……っ」

「おいおい、もう役職で呼ぶのはやめようよ。退職して何年にもなるんだから」

「そうだぞ、今や高遠は、個人で事務所をお持ちの『高遠先生』だからな。お前たちも、ちゃんと尊敬を込めて呼べ」

「今泉。お前がそれを言うとただの嫌がらせだ」

元同僚たちの笑い合う声が、とても耳に心地いい。大富士建設を退職する時、怜司が後ろ髪を引かれたのは、この朗らかで有能なチームの存在だった。世界中に自分たちのビルを建てようと、意気揚々としていたあの頃。若くて熱かった昔の仕事仲間たちの顔を、こうしてまた見られたのは嬉しい。

「——高遠、ちょっと話があるんだ。いいか」

今泉に呼ばれて、怜司は談笑の輪から少し外れた。水割りのグラスを二つ持っていた彼が、片方を怜司に差し出してくる。

「話って？　仕事の打ち合わせなら、この後時間を取れるけど」

「いや、違うんだ。……その、想定外の困ったことが起きた」

「何だよ。気になるな。俺に相談したいことがあるんなら、はっきり言え」

何か言い淀んでいる今泉の肩を、ぽん、と叩いてやる。すると、彼の表情がますます曇った。まさか再開発プロジェクトの進行に、トラブルでもあったんだろうか。

「高遠。あの生駒《いこま》さんが、本社に戻ってくることになった」

「生駒――?」

上司だった男の名前を呟いて、怜司は思わず、グラスを握り締めた。

「何であの人が。今は大阪支社にいるんじゃないのか?」

「ついこの間、辞令が出たんだよ。栄転という形で、設計課の上の事業部の、次長ポストに就くって。今日のレセプションにも、わざわざ大阪の支社長を連れて出てきてる。お前にはいちおう、このことを耳に入れておこうと思ってな」

「……そうなのか。今泉、お前に気を遣わせたな。ごめん」

「とんでもない。あの人がお前にしたパワハラは、今思い出しても腹が立つんだ。だが、上が決めた人事じゃ、俺にはどうすることもできない。いいか、あの人には近付くな。言いたいことは山ほどあるだろうけど、どうか堪《こら》えてくれよな」

「分かってるよ。昔の軋轢でいちいちキレるほど、俺は単細胞じゃないよ」

そうだ。たとえ顔を見たくないほど苦手な、かつての上司だとしても、笑って挨拶を交わせる。それが大人の社会人というものだ。

「それを聞いて安心した。……高遠、噂をすれば、本人のご登場だ。今日は来賓が多いから、本当にキレないでくれよ」

今泉が目配せをした方へ、怜司は深い息をしてから、顔を向けた。短髪の壮年の男が、バンケットルームを横切り、大阪支社長や取り巻きを連れて歩いてくる。

生駒次長。設計課の元課長だ。常に自信ありげに胸を張った、居丈高《いたけだか》な見た目と態度は、少しも以前と変わらない。じっと彼の方を見つめていると、向こうからも怜司に視線を合わせてきた。大富士建設を退職するきっかけを作った元上司に、怜司は端整な笑顔を浮かべて、黙礼した。

「────」

たいした礼も返さず、生駒は怜司の前を通り過ぎていく。冷ややかな彼の眼差しが、条件反射のように、怜司の背中を不快な汗で濡《ぬ》らした。

「……はあ……っ、ヒヤヒヤするな。生駒さん、お前のことを全然忘れてないみたいだぞ」

「俺だって、忘れたくても記憶にこびりついているんだ。向こうもそうさ」

三十二年も生きていれば、一人や二人、ソリの合わない相手ができる。結花との家庭を大事にしようとした怜司に、日々パワハラをしていた生駒とは、いくら時間が経とうとも真の和解はできないだろう。

「ごめんな、高遠。俺はまた、あの人の下で、昔みたいに働かなきゃならない。お前に嫌な思いをさせることもあるかもしれない」

「謝らないでくれ。——会社勤めはそういうものだろ。俺はドロップアウトしたけど、サラリーマンの仁義は分かっているつもりだよ」

ぱん、と今泉の背中を叩いてやってから、怜司は一人でバンケットルームを出ていった。

嫌いな人間の顔を見た後で、来賓のスピーチを聞く気分にはなれない。レセプション会場のある二階から、そのままホテルの地下のバーへと向かう。ぶつける場所のない元上司への苛々《いらいら》は、酒に溶かして飲み干すのに限る。

「いらっしゃいませ。何になさいますか」

「ブッカーズをストレートで」

アルコール度数六十度超のバーボンを、蝶タイのバーテンは気を遣って、炭酸水のチェイサーを添えて出してきた。そんな気遣いはいらない。憤りが深いほど、酒に酔えない性質《たち》の怜司には、ブッカーズでさえ生ぬるいのだ。

「おかわり。まどろっこしいから、ボトルを入れるよ。チェイサーは下げて」

「かしこまりました」

「——駄目です。悪酔いしますよ、高遠先生」

「は…?」

キイ、と、カウンターの隣のスツールが軋《きし》んだ。逞しい体をした客がそこに座ったと思ったら、ひょい、と怜司の手元から空のグラスを奪われる。

「一人でこんなにきついお酒を飲んで、倒れたらどうするんですか。結花ちゃんに心配をかけないでください」

「……直哉くん……。また君か。何でこんなところにいるんだ」

「こんばんは。今日も怜司さんは美人ですね」

毎度毎度、変なことを言う、神出鬼没な男だ。怜司はうんざりしたように髪を掻き上げて、にこにこと暢気な笑顔を浮かべている直哉に毒づいた。

「隣に座っていい許可は出してない。飲みたいなら最上階のラウンジにでも行ってくれ」

「すみません、高所恐怖症なんです。怜司さんこそ、二階のレセプション会場から抜け出してきたでしょう。俺、ずっと見てましたよ」

「え？　君もあそこにいたのか？」

「はい。いちおう正式な招待を受けた、来賓のはしくれです」

そう言うと、直哉はスーツのポケットから、赤いリボンの花を出して見せた。怜司が受付でもらった緑色のリボンの花とは、ステイタスが違う。

「そうだった。君は神田駅の再開発の、怖いスポンサー側の人間だった」

「怜司さんと同じ、大きなプロジェクトの一員ですよ。——あ、バーテンさん、今この人が注文したボトルは、俺に付けて。俺にはロックのセットで。あと、オードブルを適当に」

「かしこまりました」

「ちょっ、おい。何を勝手なことをしているんだ」

「ナンパです。バーのカウンターに綺麗な人が座っていたら、奢るのが礼儀でしょう？」

「直哉くん、君のくだらない冗談に付き合う気分じゃないんだ。今日は一人で飲ませてくれ」

「怜司さんが気持ちよく酔えるお酒なら、今すぐ立ち去ります。でも、自棄酒《やけざけ》なら付き合う相手がいる方がいい」

「直哉くん……」

「全部見ていたって、言ったでしょう？　怜司さんがレセプション会場で擦れ違った、生駒という事業部の次長さん。あの人に怜司さんは、ものすごい作り笑顔を向けていましたね」

「べ、別に…、俺は作り笑顔なんか。それよりどうして、君が生駒次長のことを知っているんだ」

「怜司さん。俺が所属している法人融資課は、クライアントの情報を細かいところまで調べ上げるのが仕事です。部次長クラスの人事異動はすぐに耳に入ります」

「あ……っ」

「生駒さんは、怜司さんの元上司ですね。あなたへのパワハラが原因で地方支社へ一度左遷された、因縁のある人物です」

　ぐうの音《ね》も出なかった。怜司はがくりと体の力を抜いて、間接照明に照らされたセピア色のバーの天井を見上げた。何でもかんでも、直哉はお見通しだ。結花のことも。怜司の過去の傷痕も。

職場の上司と部下の軋轢は、怜司が退職するだけでは終わらなかった。生駒自身も、出世に大きく響く左遷の屈辱を味わったのだ。

「まったく君は――。外には漏らさないでくれよ、その話。向こうの立場もあるからな」

鬼門の上司との再会を、怜司は冷静に受け流すことに決めた。生駒が本社に戻ってきたということは、左遷の禊《みそぎ》を終えて、元の出世コースに戻ったということだ。彼の方も、今更かつての部下と問題は起こしたくないだろう。

「怜司さん。銀行員には守秘義務がありますから、安心してください」

「それだけは本当に、頼む。もう揉《も》め事はたくさんなんだ」

「優しいんですね。嫌な思いをさせられた相手にまで、怜司さんは筋を通している。本当に大人な、素敵な人だ。会うたびに俺は、あなたのことが好きになる」

「……君のそういう発言は、セクハラにはあたらないのか」

「好きな人に、好きだと告げるのは、セクハラなんですか？」

「だから――ああ、もう…っ、もういいよ。とにかく今は、俺は酒が飲めればどうでもいいんだ。君も勝手に飲んで、勝手に潰《つぶ》れろ。面倒はみないぞ」

「はい。自棄酒の相手なら喜んで」

直哉はいたずらっぽく微笑みながら、自分と怜司のグラスにブッカーズを注いだ。

元上司と再会しなければ、直哉と並んで酒を飲もうなんて思わなかった。怜司は碌《ろく》に話もしないうちに、おかわりだけを重ねて、いつまでも憤りの冷めない体に酒を流し込んでいく。

「強いですね、怜司さん。あっという間にボトルが半分空きましたよ」

「……俺は君にナンパされたんだからな。エリートな銀行マンは、俺よりずっと実入りがいいだろう。遠慮なくいただくよ」

「どうぞ。何本でも奢ります。でも、飲み過ぎには気を付けて」

「俺は酒を飲み尽くしたことはあっても、酒に飲まれたことはないんだ」

「かっこいい……。憧れます、怜司さん。また好きになりました」

「やっぱりセクハラだ。——そういうセリフは、大事な時のために取っておきなさい」

「怜司さんと過ごしている今が、俺には最も大事な時です」

「暖簾《のれん》に腕押しか、君は」

拒絶をしても、直哉はやんわりとそれを受け止めて、怜司の隣で笑っている。

分からない。彼が自棄酒に付き合ってくれる理由も、レセプション会場に戻らない理由も。

テーブルに置いた二人のリボンの花が、グラスから落ちる水滴を受けて、名前のインクを滲ませている。

「……あ、二人とも、名前が分からなくなりましたね。俺と怜司さんが混ざって、一つの黒い染みになった」

直哉の長い指が、つ、とリボンの染みを撫でる。器用に料理を作るそれに、黒いインクはふさわしくない。

「汚れたじゃないか。拭《ふ》きなさい」

スラックスのポケットからハンカチを出して、小さい子供にするように直哉の指を拭《ぬぐ》ってやる。おとなしくされるがままになっていた彼は、声をひそめて、怜司の耳元で抗議した。

「さっきのセリフこそ、セクハラだったんですけど」

「え？　意味が分からない」

「俺よりずっと、怜司さんの方が天然だ——」

「は？　もう酔ったのか。酔っ払いの面倒はみてやらないって、さっき言ったろう」

「まだ酔っていませんよ。怜司さんはおもしろいな。普段は穏やかで丁寧に話すのに、お酒が入るとちょっと言葉遣いが荒っぽくて、俺に素を見せてくれているような気がします」

「俺はそんなに上品な人間じゃない。あの元上司にもよく言われたよ。詐欺だって」

「詐欺？」

「顔のイメージと、中身のガサツさにギャップがあるんだと。放っておいてくれ」

「怜司さんがガサツなら、俺を含めて周りは全員ガサツですよ」

違う。かわいい愛娘の結花だけは、ガサツじゃない。そう反論しようと思った怜司は、喉から声が出る寸前で、口を噤んだ。何となく、今は結花の名前は出したくない。たいした理由もなくそう思った。

「あの生駒さんという人は、どうして怜司さんにパワハラをしたんですか？」

「それは……単に、俺のことが嫌いなんだろう。生理的に合わない相手は、誰にでもいる」

「大富士建設の設計課は、社内での発言力が強い花形部署だと聞いています。仮にもそこの課長だった人が、単なる好き嫌いで、部下だった怜司さんに圧力を加えるでしょうか」

直哉に静かな瞳を向けられて、怜司は一瞬、言葉に詰まった。彼は、銀行マンとして融資先の情報が欲しいんだろうか。小さな疑念を持った怜司に、直哉は首を振って見せて、ピッチの速いグラスへと酌をした。

「無理に聞き出したい訳じゃないんです。もし、誰にも言えないことを抱えているなら、少しだけ、俺に預けてもらえないかと思ったので」

「君に、預ける？」

「はい。……怜司さんは、あまり他人に弱音を吐かないでしょう。責任感が強くて、プライドも高い。俺が以前融資した企業の社長が、怜司さんと似たタイプの人でした。銀行の介入を嫌って、不渡り寸前になって、やっとこちらへ助けを求めてきたんです。その時はどうにか間に合いましたが、追い詰められた姿は、とても痛々しかった。そうなる前に相談してほしかったって、悔やみました」

「君のその考え方は、甘いんじゃないか？　融資はもっとシビアなものだろう」

「立ち直ることのできる企業には、協力を惜しまない方針です。少なくとも東都銀行は、雨の日に傘を奪うような銀行ではありません」

「直哉くん――」

「俺の上司の言葉ですが、銀行は、経済活動の主役になってはいけない。企業にお金という血液を流し、経済活動を支える陰の存在に徹しろ。壊死を起こした企業は、他に波及する前に切り落とせ。ただし、蘇生の努力は怠るな」

「蘇生の努力、か。意味の深い言葉だ」

「はい。まずは相手の話を聞くことが、俺の仕事のスタート地点です。困っている人の話なら、なおさら聞かなきゃ駄目だ。俺は上司からそう教えられました」

「素晴らしいな。俺の上司が、君の上司のようだったら、俺も、もう少し楽に会社勤めができたかもしれない」

直哉のグラスに、自分のグラスをかちりと触れさせて、怜司は深く息をした。

「俺の上司――生駒次長は、昔社内の設計コンペで、入社二年目の俺と競って、敗北したんだ。ひよっこの俺に負けたことを、彼はずっと根に持っていた。ことあるごとに俺を糾弾して、仕事を干したり、逆に過剰に与えたり、まるで小学生の虐《いじ》めのようなパワハラを繰り返した。バカらしい話だろう」

「いえ。その時の怜司さんの立場を想像すると、息苦しい思いがします」

「退職する前、政府系の有名な開発業者が俺を指名して、仕事を発注してきた。いっぱしの設計士になれたって、俺は喜んだよ。でも、生駒さんは何て言ったと思う？『顔と体で取った仕事が、そんなに嬉しいか』って――」

直哉が隣で、息を詰めた気配がした。人を侮辱し切ったあの時の上司の瞳は、忘れない。

「誓って言うよ。俺は自分を切り売りしたりしていない」

「あ…当たり前です。どうしてそんな発想になるのか、生駒さんの神経が理解できません」

「俺は営業部じゃないし、よそへ仕事をもらいに行ったことなんて、一度もなかった。生駒さんは俺のことを、結局その程度にしか見ていなかったってことなんだ。同じ設計士として、いいライバルになれたかもしれないのにな。それから急激に体を壊して、結花にも随分心配をかけてしまった。生駒さんと働く意義は、もうないと思って、退職願を出したんだ。あの人は即刻受理してくれたよ。嬉しそうな、本当に嬉しそうな笑顔を浮かべてね」

今泉にも、他の同僚たちにも、ましてや結花にも、退職の相談はしなかった。大事な娘にこれ以上心配をかける訳にはいかないと、一人で決断して、一人で会社を去った。後になって生駒が左遷されたことを聞いた時、何の感慨も持たなかった。

「どうしてかな。退職した時より、彼が本社に戻ったと知った今の方が、胸が痛い」

「怜司さん」

「俺の退職と、あの人の左遷で、喧嘩両成敗だと思っていた。でも、あれから何年も経って、彼は地位を取り戻した。俺とは随分、差がついてしまったな」

全て納得ずくだったはずなのに、今まで、退職の本当の経緯は、酒の席でも口にしたことはなかった。きっとそれは、無意識の自己防衛本能だ。年月が経っても、まだ傷痕の瘡蓋《かさぶた》が生乾きだったことに、今頃気付くなんて。

「……まったく、君が余計なことを語らせるから、全然酔えないじゃないか」

「すみません。少しでも怜司さんの気持ちが楽になったなら、いいですけど」

「嫌なことを思い出させられた。本当に俺は、この顔のせいで損ばかりしている。大嫌いだ」

「損だけでは、ないと思います」

「え？」

「その顔に一目惚れをして、怜司さんと同じペースで飲める男が、今釣れているじゃないですか。得だと思いませんか」

「ん…、確かにそれは、貴重かもしれない——。たいがい俺と飲むと、みんな早々に潰れて、つまらないんだ」

何故だろう。直哉にくだらない打ち明け話をしているだけで、度数六十度超のきついバーボンが、蜂蜜のように甘くなっていく。二本目のボトルを要求してしまいそうだ。

「酔うまで付き合います。今夜このまま怜司さんのそばにいるための、大義名分をください」

「変な人だな、君は。……君はいったい、五つも年上の、男の俺のそばにいて、何が楽しいんだ。こんなおじさんに一目惚れって、何度聞いても冗談にしか聞こえない」

「怜司さんは素敵ですよ。最初は綺麗な顔に驚いて、その次に会った時は、人柄を好きになりました。怜司さんは、俺が想像していた『お父さん』の、ずっと上をいく人だったんです。失礼な話ですけど、実物を見てがっかりすることはあっても、逆は少ないでしょう？　そこからはもう、加速度的に、俺は恋する男ですよ」

歯が浮くような直哉の台詞《せりふ》を、まともに聞いていられるのは、舌を熱くするバーボンのせいだろうか。怜司は彼が酌をしたグラスを、くい、と呷った。

「やっぱりよく分からないな。俺のどこが、君の変なアンテナに引っかかったのか」

「変だとは思いません。人より少し、俺のアンテナは感度がいいんです」

「俺は男だぞ。そして君も。……この時点で十分変だ。それとも君は、その…、そっち側の人なのか？」

同性愛者なのか、とはっきり聞くことができなくて、怜司は言葉を濁した。直哉はすぐに察して、ああ、とグラスを傾けながら苦笑した。

「違います。男を好きになったのは、怜司さんが初めて」

「ぎ…疑問とか、ないのか。普通は湧《わ》くだろう。葛藤とか、迷いとか。どうして君は臆面もなく、俺にそういうことが言えるんだ」

「――男だってことを、気にする前に、一目惚れをしました。本当に、一瞬だった。怜司さんと初めて会った時、目の前にいる人が男で、お父さんだと認識しても、そんなことはもうどうでもよくて、優しい顔で笑う綺麗なこの人に、どうしたらもう一度会えるのか考えていました」

「まさか、神田駅のガード下で君と会ったのは、君の策略とか……」

「あれは本当に偶然です。だから余計に、運命を感じました。俺とこの人は縁がある、俺たちは繋がっているんじゃないか、って。銀行の同僚にくだらないって言われた俺のカフェの話を、怜司さんは真剣に聞いてくれて、励ましてくれましたよね。怜司さんは、綺麗な上に、俺よりずっと包容力のある、立派な大人の男です。あなたのことを好きになるのに、これ以上理由がいりますか？」

まっすぐな瞳を向けられて、視線を逸《そ》らすことも、何かで遮ることもできなかった。直哉が話してくれたカフェの夢。本当に怜司が立派な大人なら、そんな夢より銀行員を続けた方がいいとアドバイスしたはずだ。でも、採算や安定より、自分がしたいことに向かって努力する直哉が、とても若者らしくて眩しいと思った。何気なく贈った励ましの言葉を、彼がそんなにも大事にしていてくれたなんて、怜司は考えもしなかった。

(男が、男を好きになる理由は、案外、些細《ささい》なものなのか)

別に劇的な出会いだった訳じゃない。直哉と一度目に会った時は、挨拶を交わしただけで、二度目に会った時は一緒にカレーを食べただけだ。たったそれだけで——直哉は怜司のことが好きだと言い、怜司は彼を拒み切れずに、スツールを並べて酒を酌み交わしている。

「……君が真面目に想ってくれていることは、何となく、理解できた。でも、俺も同じようになれるとは思わないでほしい。俺は君より五つも年上の、保守的な人間だから」

直哉の想いを知った上で、予防線を張ったのは、男と男の壁を飛び越える気なんてないからだ。直哉の方から、今よりもっと飛び越えてこられても困るから。

「分かっています。無理強いをするつもりはありません。今は怜司さんに、俺の気持ちを知っていてもらえるだけで嬉しい」

「言っておくけど、進展なんかないからな。脈のない奴に構うなんて、君は時間を無駄遣いしてる」

「そんなことはないです。こうして話しているだけで楽しいですから。俺は仕事柄、前向きにがんばっている人に魅力を感じます。怜司さんのような人です」

「俺は銀行の融資対象とは違う。がんばるくらい、大人はみんなやっているよ。君だってそうだろう。俺だけが特別な訳じゃない」

「特別ですよ。怜司さんはいつも一人だ。仕事も、子育ても、一人で全部を引き受けて、懸命に生きている人だから、余計に素敵なんです」

「直哉くん……。そんなの、君の贔屓目じゃないか」

「怜司さん、一人で戦うお父さんは、無敵にかっこいいけれど、無条件な休憩場所があれば、もっと戦えると思いませんか。俺は怜司さんのそういう場所になりたいです」

「俺に、君に甘えろと言うのか？」

「はい。居心地がいいように、努力しますから、羽を休めたい時は、俺を使ってください」

まるで、さあどうぞ、とでも言わんばかりに、直哉が両腕を開く。広くて深そうに見える、彼の胸の中。趣味のいいネクタイが怜司の目の前で揺れている。

（こんな人間は、初めてだ）

誰かに甘えたいとか、寄りかかりたいとか、怜司は思ったこともなかった。

五歳も年下の若者に、甘えてほしいと懇願されて、悪くないと思っている自分自身に驚いた。やっと酔いが回ってきたのかもしれない。

「君には、努力なんか、必要ないよ」

「え？」

——だって、君の胸は、とても温かそうだから。

怜司は心の中でそう呟いて、グラスを空けた。二本目のボトルを注文したのは、それから間もなくのことだった。

4

高遠設計事務所のオフィスは、今日は朝から賑《にぎ》やかだった。怜司が設計し、春の終わり頃に着工したビルが、つい先日完成した。古いビルの建て替え工事で、怜司も他の仕事をこなしながら、何度も視察に訪れた。一つの仕事が無事に終わると、とても感慨深い。

「ありがとうございました、高遠さん。いやあ、お宅に頼んでよかったですよ。こちらの要望を最大限聞いてくださって、本当にありがとうございました」

「こちらこそ、ご満足いただけたようで嬉しいです。ご依頼ありがとうございました」

「落成式には必ず顔を出してくださいね。もちろん、その後は一席設けますから」

「すみません、お気を遣わせてしまって」

「高遠さん、お強い人だからなあ、覚悟しておかなくっちゃ」

オフィスの中に、ビルの所有者であるクライアントの笑い声が響く。怜司もつられて微笑んで、応接セットのソファに凭《もた》れながら、これ以上ない充実感を味わった。

(事故もトラブルもなく、工期が終了してよかった。今夜は祝杯だな)

ちょうど今日は、結花も大学の友達と飲み会で、夜は怜司一人だ。

普段はあまり、家で酒は飲まない。特にこの十日ほどは、意識して酒を遠ざけていた。大富士建設のレセプションがあった日、直哉とホテルの地下のバーで、度を超した自棄酒をしてしまったからだ。

（……いくらなんでも、ブッカーズを二本空けたのはやり過ぎだった。愚痴ばかり言って、彼にはみっともないところを見せてしまった）

頼みもしないのに、直哉はあの日、怜司が酔うまで自棄酒に付き合ってくれた。ホテルの前で、同じタクシーに乗り込む時、彼の足が少しふらついていたことを覚えている。彼が無理をして飲んでいたのなら、申し訳ないことをした。

「それじゃ、高遠さん、我々はこれで」

「失礼します。お茶ごちそうさまでした」

「あ…っ、はい。ご足労おかけしました。またよろしくお願いします」

クライアントをオフィスの外まで見送って、は、と怜司は息をついた。来客中に直哉のことを考えるなんて、どうかしている。

「弛《たる》んでいるな。彼が俺の前に現れてから、どうも調子が変だ」

忙しいなりに、平穏で安定していた毎日が、直哉という異分子に引っ掻き回されている。彼のあの、甘い言葉や優しげな態度は、怜司が今まで、向けられたことがない類《たぐい》のものだ。どう対処すればいいのか分からなくて、正直、困る。

「彼と一緒に飲んだこと、結花には言えないままだな……」

結花のいないところで、直哉と二人きりで過ごしたことが、後ろめたかった。河川敷で弁当を食べた時の、代理デートとは少し違う。愛娘の想い人かもしれない男に、愚痴を言って宥《なだ》められるなんて、ばつが悪くて仕方ない。

（ああ、また、頭が彼に持って行かれる。厄介な男だ。もう会わないようにしよう）

ぶるぶるっ、と犬が水を払うように頭を振って、怜司はデスクへ戻った。一つ仕事が終わったら、次の仕事が待っている。

怜司はパソコンのモニターに、神田駅のガード下の実測データを表示させた。先日足を運んで撮った写真と照らし合わせて、自分が請け負ったギャラリーの設計図に、細かい調整を加えていく。

神田駅の再開発は、怜司のギャラリーを皮切りに、全面的な工事が始まる。単に工期の都合でそうなっただけでも、トップはいやが上にも緊張して、力が入るものだ。

いつものように、ドライアイに点眼薬を差して、パソコンで作業を続けていると、デスクの傍らの電話が鳴った。

「はい、お電話ありがとうございます。高遠設計事務所です」

『高遠か。私だ』

その声を聞いた途端、ぞわりと全身が総毛立った。受話器を握っていた怜司の右手に、俄《にわ》かに力が入る。

「生駒さん――」

レセプション会場で擦れ違った時の、元上司の冷ややかな瞳と、会社勤めをしていた頃の閉塞的な思い出が、頭の中でオーバーラップする。怜司はどうにか呼吸を整えて、冷静を装った。

「ごぶさたしております。先日はご挨拶もできず、失礼いたしました。生駒課長、いえ、生駒次長におかれましては、ご壮健そうで何よりです」

『高遠、私と君の仲じゃないか。堅苦しいのはよせ。個人で設計事務所を開くとは、思い切ったことをしたな』

「おかげさまで。ここのところ、やっと軌道に乗ってきました」

『ふん。脱サラ組の気楽さか。お前は相変わらず、貫禄のない顔をしていた』

「恐れ入ります」

『聞いたぞ。神田駅の再開発に、下請けとして加わっているようだな』

「――はい」

『退職した人間が、今回の大規模プロジェクトに関われることを、せいぜい感謝してもらいたい。昔のように、子育ての片手間に仕事をしてもらっては困るぞ』

「ご心配、ごもっともです。誠心誠意務めさせていただきますので、プロジェクトの末席にお加えいただくのを、ご容赦ください」

棒読みの定型句で切り返しながら、怜司は額に浮かんできた汗を拭った。本音を言えば、今すぐ受話器を叩き付けて、会話を終わらせたかった。

（俺は一度だって、片手間な仕事なんかしたことはない。この人は、今でも俺のことが嫌いなんだ。上等だ。俺もあなたのことが大嫌いだよ）

怜司の胸に、不快な感情がとめどなく湧いてくる。まるでそれを煽《あお》るように、生駒の声が続いた。

『容赦も何も、私が本社に戻る前に決まったプロジェクトだ。たかが下請けに目くじらを立てるほど、こちらも暇じゃない。ま、せいぜい我々の足を引っ張らんようにな』

「……はい。肝に銘じておきます」

厭味しか伝わってこなかった電話が、向こうの方から切れる。怜司は汗ばんだ手で受話器を戻して、デスクに突っ伏した。

「下請けをないがしろにするゼネコンは、下請けに泣く。生駒さん、あなたが入社式の時に、俺たち設計課の新入社員に、言った言葉じゃなかったですか」

誰もいないオフィスで悪態をついて、怜司は、だん、とデスクを拳《こぶし》で打ち付けた。

自分の手に走った痛みが、不快感をいくらかは消してくれる。でも、過去からずっと色褪《いろあ》せることのない、どうにもならないやり切れなさは、拭い去ることができなかった。

「くそ…っ。人をムカつかせるためだけに、意味のない電話をかけてくるな……っ」

デスクに顔を伏せたまま、どのくらい過ごしていただろう。ピルルルル、とまた機械音が聞こえてくる。それは怜司の携帯電話の呼び出し音だった。

（誰だ、この番号）

液晶には、覚えのない番号が表示されている。生駒だったら即刻切ってやろう。怜司はそう思いながら、電話を耳にあてた。

「はい、高遠です」

『怜司さんですか？　俺です、直哉です。よかった、番号合ってた。怜司さんが酔っている時に聞いたから、ちょっと自信がなかったんです』

まただ。また神出鬼没な男が、怜司にコンタクトを取ってきた。それもこんな、最低の気分の時に。

「――俺は君に、携帯の番号を教えた覚えはない」

『忘れたんですか？　この間ホテルのバーで、俺の番号と交換したじゃないですか』

「知らない。君のは登録されていなかった。用がないなら切るぞ」

『待ってください。怜司さん、よかったら、また一緒に飲みませんか。今日は金曜です。遅くなっても大丈夫でしょう？』

「誘うなら他をあたってくれ。……今飲んだら、また自棄酒になりそうなんだ。オヤジの愚痴は、もう聞きたくないだろ」

『聞きたいです。いくらでも。ゆっくり飲める場所を知っていますよ、怜司さん』

耳元で聞こえる甘い声音《こわね》に、元上司の電話で逆立っていた怜司の心は、激しく揺さぶられた。自分を休憩場所にしてほしいと、直哉がバーのカウンターで言っていたことを思い出す。

（君に甘えていい理由なんか、ないのに）

ぎゅ、と閉じた怜司の瞼《まぶた》の裏に、うっすらと誰かの顔が浮かんでくる。それが誰だか気付く前に、怜司はせっつかれるようにして、待ち合わせの時刻を口にしていた。

「六時以降なら、今日は空いている。飲む場所は君が決めてくれ」


夜十時を回った電車は、とても混んでいた。こんな時間に乗車することはめったにないから、足元がふらふらと落ち着かない。

「大丈夫ですか？　こっちに凭れてくれてかまいませんから」

「平気だよ。――満員電車は久しぶりだ。昔は毎日乗っていたのに」

「羨ましいです。俺は一日二回は必ず乗りますから」

酒が入って、少し頬を赤くした直哉は、吊り革と同じくらい高い位置から、怜司を見下ろしてきた。

「すみませんでした、俺の職場の近くまで出てきてもらって。面倒だったでしょう」

「いや。俺もたまには、銀座辺りで静かに飲みたいから」

ついさっきまで、怜司が直哉と飲んでいたのは、銀座の雰囲気のいい日本酒バーだった。日本酒ソムリエの資格を持つ店主が、少人数のスタッフで回している店で、通好みの隠れた名店という風情だった。

「君は、ああいう店が好みなんだな。神田のカレー店の『英國屋』も、十人でいっぱいになるくらいの小さな店だ。今日のバーもこぢんまりしていた」

「外回りが多いので、路地裏の店とか、ふらりと入っては常連になるパターンです。さっきの店は、上司の行きつけで、俺もよくお伴をするんですよ」

「へえ、上司と飲み会か。そういうのは、いいな。俺はたいがい誘われなかったけど」

「今日怜司さんに厭味な電話をかけてきた生駒さんと、一緒に飲みたかったんですか？」

「少しも。彼と飲んだらうまい酒がまずくなる。……あの日本酒、新潟の蔵元の、『越乃一《こしのいっ》滴《てき》』だったかな。あれはうまかった。市販で手に入るなら欲しいな」

「相当気に入ってましたよね、怜司さん」

「ああ。飲み口がすっきりしていて、喉を通る時にガツンとくる。俺の好みの味なんだ」

「四合瓶でよければ、うちの冷蔵庫にありますよ。『越乃一滴』」

「え…っ、本当に？」

「はい、店のマスターに譲ってもらったんです。うちで二次会をしましょうか。つまみも作りますから」

「いいのか？　俺がごちそうになっても」

「蔵元の近辺でしか、あれは出回ってないみたいです。飲める時に飲んだ方がいいですよ」

「そうか――。じゃあ、二次会に呼ばれるよ。ありがとう」

「いいえ。怜司さん、だいぶ機嫌がよくなりましたね。やっぱりお酒の力はすごいな」

「君がいい店に連れていってくれたからだ。感謝してるよ」

ホテルのバーで飲んだ時と同じように、今夜もひどい自棄酒だった。直哉が愚痴を聞いてくれなかったら、きっと酒の味すら分からなくなっていただろう。

（結局、直哉くんに甘えてしまった。……どんなに飲んでも潰れない彼が、隣にいてくれるのは、居心地がいい）

ガタンゴトン、電車が高架橋を越えていく。車両の揺れに従って、普段着の怜司も、仕事帰りのスーツの直哉も、同じ方向へ揺れた。

「待ち合わせの改札口で怜司さんを見た時、眉間に皺《しわ》が寄っていたから、相当荒れてるなって思いました。今はつるつるです」

「そんなに皺が寄っていたかな……」

怜司は眼鏡をそっとずらして、指の関節で眉間を押さえた。近眼のぼやけた視界が、カーブに差し掛かった電車とともに、ガゴン、と揺れる。

「わ…っ」

「怜司さん」

後方へのけぞりそうになった怜司の体を、直哉の腕が抱き留める。そのまま彼に引き寄せられ、顔ごとスーツの胸元に埋《うず》めさせられて、怜司は一瞬息ができなくなった。

「危ない。転ぶところでしたよ」

「ご――ごめん。すぐ、離れるから」

そう言ったものの、今度は車両が逆方向に揺れて、後ろに立っている乗客の重みで、身動きが取れない。すると、直哉は腕の力をいっそう強くして、怜司の耳元で囁いた。

「このままでいいですよ。怜司さん一人くらい、支えられますから」

ぎゅうぎゅうと、乗客どうしが顔をしかめて押し合っている中で、彼の声はやけに嬉しそうな響きをしている。片腕一本で支えられてしまう、直哉と自分の体格差が、怜司は恨めしかった。

酒の匂いに混じって、柑橘系の香りがするのは、きっと直哉がつけているコロンだろう。怜司はその類《たぐい》のものをつけたことがない。

他人の匂いを感じる距離は、いったい何年ぶりだろうか。直哉に密着していることを、気まずく思っても、寿司詰めの車内に逃げられるスペースはなかった。

（俺が体重を預けても、びくともしない。酒を飲ませれば、俺のペースについてくるし、いろいろ、癪《しゃく》に思うけど、彼には驚かされる）

逞しい胸元から、直哉の顔をちらりと盗み見ると、彼は週刊誌の中吊り広告に目をやっていた。活字の大きな見出しを追っている、飄々《ひょうひょう》として落ち着いた表情。とくん、と怜司の顔のそばで、彼の鼓動が聞こえる。

（酔ってはいるのか。直哉くんの鼓動が、随分速い）

とくん、とくん、駆け足のようなその音を聞きながら、降車駅に着くまで、怜司は彼の腕に抱かれたままでいた。温《ぬく》もりというよりは、熱い腕。電車を降りて、改札口を出てからも、服越しのその温度は怜司を包んで、落ち着かない気分にさせる。

直哉のマンションは、怜司の自宅がある駅の、二駅手前にあった。客待ちのタクシーが連なるロータリーを出て、駅前の繁華街を線路沿いに歩くと、外壁のサイディングが新しいそのマンションが見えてくる。

「いいところに住んでいるんだな」

「駅近の割に、静かで快適なんですよ。ここの五階です」

「お邪魔します――」

案内された部屋は、環境のよさそうな南向きの角部屋だった。玄関の床石の材質や、壁に張ったクロスのメーカーを気にしてしまうのは、マンション物件も手掛ける設計士としての、

怜司の職業病なのかもしれない。一人暮らしには十分な広さの、2LDKの部屋は、キッチン以外はとても綺麗に片付いていた。

「ちゃんと使い込んでいるキッチンだ。分かりやすいな。ここだけ生活感がある」

「職場と往復して、食べて寝るだけの部屋ですから。怜司さん、つまみは温かいものと冷たいもの、どちらがいいですか」

「そうだな……」

直哉の料理の腕前は、もう知っている。どちらをオーダーしても、怜司の口に合うものを作ってくれるだろう。

「『越乃一滴』がもっとうまくなるものがいい」

「ハードルが高いですね。がんばります」

くす、と微笑んでから、直哉はスーツの上着を脱いだ。いつも颯爽と締めているネクタイを外し、シャツのボタンを一つ二つ開けていく。

「ソファに座って、テレビでも見ていてください。映画のDVDもありますよ」

「俺も手伝うよ。グラスくらい出す」

「怜司さんは大事なお客さんですから。満員電車で喉が渇いていませんか？　先にビールでもどうぞ」

直哉は冷蔵庫から輸入物の黒ビールを取り出して、怜司に手渡した。こくのあるそのビールの味は、酒豪の怜司にはインターバルにちょうどいい。人の好みも、タイミングも、細やかによく気のつく男だと、しみじみ思う。

（自棄酒に付き合わせる俺よりも、直哉くんの方が、ずっと大人なのかもしれない）

だからこうして、彼に簡単に甘やかされてしまう。いけないと思いつつ、直哉のペースにはまって、抜け出せない。

（ほんの少し前まで、俺はもっとしゃんとしていた。君は、俺を甘やかして、駄目な奴にしてしまうんだ）

ソファに座るきっかけを失って、怜司はキッチンの隅に佇んだまま、直哉を見つめ続けた。

冷蔵庫の中を物色し、調理台に食材をいくつか並べた彼が、腰に手をやってメニューを考えている。ベルトの位置の高い、スタイルよく伸びた長い脚。シャツの二の腕に、アルファベットで彼の名前が刺繍《ししゅう》されている。袖口を飾る黒石のカフスボタンが、今時の若者らしくなくて物珍しかった。

（誂《あつら》えのシャツに、カフスボタン。とても似合っているところが、末恐ろしい二十七歳だな）

いい男、なのだと思う。それは初めて直哉を見た時に、怜司が抱いた印象だった。彼と何度も会って、言葉を交わし、一緒に過ごす時間が増えるごとに、印象は確信へと変わっていった。

（君みたいな人が、どうして男の俺を、好きになったんだ）

直哉が徐《おもむろ》に両手を上げ、カフスボタンを外し始める。いつもそれを使っていることが分かる、手慣れた仕草。無造作に捲ったシャツの袖から現れた、彼の逞しい腕。シンクの蛇口で手を洗い、包丁を指に取る、一連の動作とともに、男らしい腕の筋肉が波を打つ。

——あの腕が、満員電車の中で、ずっと怜司を支えていた。微動だにしなかった彼の、頼もしかったこと。怜司の肩に回された直哉の腕は、とても、力強かった。そして熱かった。

(君の腕。嫌いじゃない)

どくん、と怜司の胸が大きく騒ぐ。何だろう。直哉の腕を見ていると、体のどこかが火照《ほて》り出す。降車駅までずっと直哉に抱き締められていた、細い怜司の体に、あり得ない異変が起きる。

(……え……?)

どくっ、どくっ、と鼓動が乱れた。下着の中が、興奮している。さっきまで何ともなかった怜司の中心が、大きく膨らみ始めている。

(嘘だ。よしてくれ)

体の奥の、芯の部分に火を点けられたような、原因不明の熱。多忙な設計士と、品行方正な父親の間で、久しく怜司が忘れていた、一人の男としての熱が疼《うず》き出した。

「……司さん、——怜司さん」

名前を呼ばれて、はっ、と怜司は我に返った。熱を孕《はら》んだ自分の体が、まるで初めてその意味を知った少年のように、いたたまれなかった。

「どうしたんですか。顔、赤いですよ」

「あ…、ああ。酔いが、回ったみたいだ。今日は、帰るよ」

「怜司さん？」

「二次会はまた、今度にしよう。ビール…っ、ごちそうさま」

一口しか飲んでいない黒ビールの缶を、怜司は調理台の端に置いた。早くここから出たい。水のシャワーでも浴びて、この熱を忘れたい。

「向こうで座っていてください。つまみはすぐできますから」

「……直哉くん……」

「怜司さんに、こんなに間近で見つめられていると、包丁で手を切りそうです」

「お…っ、俺は、君を見つめてなんか……っ」

「さっきからずっと、視線を感じていました。怜司さんの目、熱くて、露骨ですよ」

「露骨――」

カタン、と直哉は包丁を置いて、怜司の方に向き直った。まっすぐな、それでいて強い直哉の眼差しが、怜司の心臓を射貫く。

「俺のことを、やっと視界に入れてくれましたね」

「直哉、くん、……君…っ」

心臓が壊れたように痛かった。このままならない異変を知られたくない。後ずさりをしても、そう広くないキッチンは、すぐに怜司を壁際へと追い詰めてしまう。

「近寄らないでくれ。俺は、おかしい。変なんだ…っ。きっと悪酔いしている。どうして、こんな」

「怜司さん」

びくん、と臆病に震えた怜司を、直哉は壁に手をついて両腕の中に閉じ込めた。電車で嗅《か》いだ彼のコロンの香りが、いっそう鮮明に怜司を包み込む。

「欲情、した?」

「バッ…、バカな！　男相手に……っ、動物みたいなこと、言わないでくれ」

かっ、と耳の先まで赤く染めて、怜司は自分を保とうとした。怖かった。何もかも見抜いている直哉が、怜司の言い放ったなけなしの強がりまで、暴いてしまいそうで。

「俺が怜司さんを、初めて目にした時、今の怜司さんと同じようになりましたよ」

「…え……?」

「あなたに欲情した。胸が騒いで、体が熱くなって、怖いくらいでした。――俺の一目惚れは、けっして綺麗な感情だけじゃなかった」

すっ、と直哉が体を寄せてきて、満員電車の密着を再現する。壁に磔《はりつけ》になっていた怜司は、彼の告白にがたがたと震えるだけで、逃げることも抗《あらが》うこともできなかった。

「さっきの電車は、拷問でした。ここには怜司さんと俺しかいない。だから、隠しません」

触れ合った互いの下腹部に、同じように熱く張り詰めた場所がある。もうごまかせない。隠せない。怜司は眼鏡の奥にうっすらと涙を滲ませて、唇を戦慄《わなな》かせた。

「やめよう。離してくれ。今なら、何もない。何もなかったことにできる」

懇願のようなそれは、禁忌を犯したくない理性だったのか、年上の人間のブレーキだったのか、怜司にも分からない。

ゆっくりと眼鏡を奪っていく直哉の指を、どうして止められなかったのだろう。止めていれば、怜司のぼやけた視界が、近眼のせいでもなく、涙のせいでもなく、もっと原始的な情欲のせいだったことを、気付かずに済んだのに。

「何もなかったことになんて、させませんから」

「直哉くん……っ、お願いだ——」

「好きです。怜司さん。怖がらないで」

顔と顔を重ねながら、彼が囁いたその時に、思い切り突き飛ばせばよかった。ふざけるな、気持ちが悪い、と、罵倒すればよかった。怜司は何一つできないまま、呼吸を奪い取られて気が遠くなった。

「ん……っ！　う……っ……」

震える唇を塞ぐ、熱を帯びたもう一つの唇。背筋を貫いていった電流に、頭の中を真っ白にされて、怜司は何も考えられなくなった。

キスだ。キスがこんなに息苦しいものだったなんて、忘れていた。男の唇がこんなに熱いものだったなんて、知らなかった。

「……ん、ん……っ、やめ、……っ」

掻き集めた小さな理性で抗っても、直哉に抱き竦《すく》められて、それ以上何もできない。

直哉が唇の角度を変えて、さらに深く重ねてくる。二人分の吐息が混ざり、硬直していた怜司の唇が、キスに溶かされて弛緩《しかん》した。直哉を突き飛ばすはずの両手が、ただ怜司の体にぶら下がるだけの飾りになっていく。

「は……っ、ああ……っ」

息継ぎに解けた唇の隙間を、つ、と柔らかな舌先がなぞっていく。確かめるように慎重で、それでいて情熱的に動く舌。直哉のそれが、並びのいい歯列を割り、口腔の奥へと達した時、怜司の中心は弾けた。

「んんう……っ！　ん……っ！」

待って。嫌だ。予期せずびくびくと痙攣した怜司の下腹部を、止められなかった欲望と、甘怠《あまだる》い射精感が覆い尽くす。恥ずかしい。逃げたい。怜司が泣きながら身を捩《よじ》っても、直哉がますます抱き締めるから、スラックスの下の熱は収まってくれなかった。

「我慢できなかった――？」

密着していた腰を、直哉が不意に揺らめかす。下着の中に放ったものが、ぐちゃりと即物的な音を立てて、怜司の耳を辱《はずかし》めた。

「……も…、いいだろ、やめてくれ……」

恥ずかしさと、後悔で、瞼を開けていられない。これは何だ。いったい自分は、どうしてしまった。ずきん、ずきん、と疼きの止まないそこが、濡れて染みの浮き出た怜司のスラックスを持ち上げている。

「怜司さん、もっと触れさせてください。今度はちゃんと、感じてほしい」

前立てのチャックに指をかけられて、怜司は狼狽《うろた》えた。許されないことだと思った。

「い……、いやだ、もう何もしてほしくない」

「嘘だ。怜司さんの体、熱が引かない。こんなに大きくしているのに、つらいでしょう」

「……あ……っ、手、どけて……っ、直哉くん、駄目だ……っ」

引き下ろしたチャックの内側を、直哉がきつくまさぐる。ぐちゅっ、とわざと音を響かせる彼は、卑怯だ。怜司の熱は瞬く間にそこに集まって、二度目の射精へとあっけなく導かれていく。

「駄目――、離せ、お願いだ、こんなの、おかしい、間違ってる」

口でどんなに否定しても、熱くなるばかりの体が裏切る。下着を掻き分けた長い指に、今にも弾けそうなほど張り詰めたそれを捕らえられて、怜司は啼《な》いた。

「ああっ、あ……！　あ……っ」

気持ちいい。我慢、できない。擦り立てる直哉の指の動きに合わせて、怜司の先端から、白くぬめった蜜が滴った。

「感じてください。俺は怜司さんのものだ。何でもしてあげる」

「な…直哉くん、直哉くん……っ……」

「好きです、怜司さん。あなたに触れられて、俺は嬉しくてたまりません」

熱に浮かされた睦言《むつごと》とともに、怜司の唇を、直哉はもう一度塞いだ。躊躇《ためら》いのない彼のキスは、野生の生き物のように激しく、深い。搦《から》め捕《と》られた舌を震わせながら、怜司は理性を手放して、絶頂へと駆け上がった。

「んく……っ、んー……っ！」

直哉の手から吹き零れ、キッチンの床にまで散っていった欲望を、怜司が見ることはなかった。真っ白に弾けた瞼の裏側に、直哉がいる。どうして彼がそこにいるのか、吐精の余韻に溺《おぼ》れる怜司に、考える術《すべ》はなかった。

5

生まれて初めて、キスを交わした男が、明け方のベッドの上で、静かに問うた。

「何年、していなかったんですか。セックス」

恥ずかしい質問を、よくすることができるな、と、赤い顔を寝具で隠しながら、思った。でも、彼の瞳は真摯《しんし》で、視線を逸《そ》らしてもくれなかったから、正直に答えるしかなかった。

「……七年、くらい」

「恋人は？」

「ずっと、いない。好きだった幼馴染《おさななじみ》と、短い間でも、結婚できたから、他の人には、興味が湧《わ》かなかった」

恋愛経験の少なさを、笑われるだろう、と思った。友人にも「枯れている」と言われるくらいだ。人を好きになるより、他に大事なことがたくさんあって、恋というものがどうだったか、今の自分は思い出せない。

「――よかった」

「え……？」

「嫉妬の対象が、一人で済みます」

二十七歳の若者の手が、隣から伸びてきて、くしゃくしゃの髪を撫《な》でている。彼が綺麗《きれい》だと言った自分の顔は、一晩中の愛撫に泣き腫《は》らして、きっとひどいものだろう。

三十二歳の男の体は、壊れてしまった。彼の指が髪を巻き付け、弄《もてあそ》ぶだけで、いけない場所に火が点《つ》く。

「もう一度してもいいですか」

いいとも、嫌とも言っていないうちに、彼が寝具を剝《は》ぎ取っていく。少し白み始めた窓の外から、仄明《ほのあか》るい朝の気配がして、恥ずかしくてたまらなくて寝具を引き戻した。

「怜司《れいじ》さん。駄々っ子みたいですよ」

「十分、しただろう。君は満足したはずだ」

「足りません。怜司さんだって、してほしいと思ってる。俺に嘘はつかないでください」

そう言って、寝具の中に潜り込んできた彼は、いけない場所に顔を埋《うず》めて、熱の塊にキスをした。

「あ…っ、ん、……ん…っ、それ――口でされるの、いやだ」

温かく濡《ぬ》れたものが、自分の一番恥ずかしい場所を包み込む。逃げようとしても追い縋《すが》ってくるのは、彼の舌だ。先端から根元へ、ねっとりと絡みついてきて、理性の逃げ道を奪う。

「ああ――、や……っ」

どうして彼は、躊躇《ためら》いもなくそんなことができるんだろう。

汚いところを舐《な》めて、頬張って、懸命に射精させようとしている。寝具の中は、彼の息遣いと、自分の体温で熱く蒸れて、じっとしていられない。

「……あ…、は…っ、い、いや……っ。もうしたくない――」

「もっとしたい、の間違いでしょう？」

「ちが、う…、んっ、んんっ」

ずるりと彼の喉《のど》の奥まで誘い込まれて、どうしていいか分からなくなった。唇を窄《すぼ》ませたまま、先端を舌で弄《いじ》るのはやめてほしい。

またすぐいく。いってしまう。

セックスの経験はあっても、愛撫される側を知らない自分の体に、容赦なく快楽を教え込もうとする、情熱的な男。彼の舌に捏《こ》ね回された屹立は、今にも弾《はじ》けそうに震えている。爪の先まで火照《ほて》った指で、彼の黒髪を探し当て、助けを乞うようめちゃくちゃに掻《か》き混ぜた。

昨夜、彼の口の中に、何度出した？　彼の指で、何度いった？　――数え切れないくらい、いった。それが答えだ。

「直哉《なおや》……くん、も、やめよう、俺…っ、どうにかなってしまう……っ」

とっくにどうにかなっているのに、まだ逃げ口上をする自分が、滑稽《こっけい》で仕方なかった。

彼がくれる快楽に抗《あらが》えない。こんなにも熱くて、一途に動く舌は知らない。ただ自分を感じさせるためだけに、彼は息遣いを乱し、汗ばんだ手で腰を抱いて、奉仕でしかない口淫を続けている。

彼は何も求めない。何をしてほしいかも言わない。自分だけが一方的に、彼の柔らかな喉の奥を突いて、屹立とともに腰をはね上げ、夢中で快楽を貪《むさぼ》っている。

「あ、ん、んんっ、うう…っ、あ……っ…、直哉くん、はあっ、あっ」

「んっ……。かわいい。怜司さん。我慢しないで、気持ちよくなって」

「……ああ……っ、駄目――！　またいく……っ」

搾り尽くされるような絶頂に、啼《な》きながら追い立てられる。

たった一晩、時間が経《た》っただけなのに。昨夜まで見てきた三十二年分の世界が、がらりと様相を変えて、新しい世界を自分に突き付ける。

「はぁ、あ…っ、ああ――」

体じゅうが溶け崩れる感覚とともに、彼の舌の上で、弾けた。恥ずかしさよりも、後悔よりも、果てた余韻が甘くくるおしく、自分の脳裏を犯していく。

これは本当に、現実なんだろうか。寝具の中から這《は》い出てきた彼が、挑発的な笑みを浮かべて、白く濡れた唇を拭《ぬぐ》った。

「怜司さんの嘘つき。やっぱり、してほしかったんですね」

マンションの玄関の外は、とても眩《まぶ》しい陽光が溢《あふ》れていた。直哉と二人で過ごした夜が明けて、土曜日の朝。眼鏡の上から手を翳《かざ》して、怜司は寝不足の瞳を隠した。

「またここへ、来てくれますよね」

怜司の後ろで、直哉が次の約束を欲しがっている。どう返事をしたらいいか分からなくて、きゅ、と怜司は唇を噛《か》んだ。

「連絡します。また、会ってください」

昨夜、いや、今朝まで、ベッドの中で一緒にいた相手を、まともに見ることができない。マンションの外通路を燦々《さんさん》と照らす陽光が、怜司のぐちゃぐちゃな頭の中まで照らしそうで、とても嫌だった。

「もう帰るから」

「怜司さん、俺も駅まで一緒に……」

「見送りはいい。——一人で行けるよ。それじゃ」

パタン、と怜司の方からドアを閉めて、後ろを振り返らないまま、歩き出した。コンクリートの床を踏む両足が、自分のものではないようにふらついている。体じゅうが怠《だる》く、疲れていて、駅までの道のりが億劫《おっくう》だった。

(……長い夜だった。一睡もできなかった)

一夜の間に何が起きたのか、まだ冷静に考えられない。酔っ払いの見た夢だというごまかしも、体に深く残った直哉の手や指や、唇の感触が邪魔をして、ごまかし切れなかった。

（彼と、したんだ。越えてはいけない、一線を越えた）

理性をなくしていたとしか思えない、恥ずかしい自分の姿。直哉に最初のキスをされた時、本気で抗ったかどうか、記憶がない。でも、自分と同じ男の唇が、熱く柔らかいと知った後も、何故か嫌悪感は湧かなかった。

（キスの、後は、なし崩し。あんな……、あんな恥ずかしいことができる彼は、好青年じゃない）

まだ火照っている気がする唇を、ぐい、と指で拭って、怜司は駅の改札口を抜けた。自宅のある街へ向かう電車は、昨夜の満員電車が嘘のように空いていた。たった二駅分の車両の揺れが、怜司の心を少し落ち着かせてくれる。

直哉と一夜を過ごしてしまったことは、もうなかったことにはできない。彼とこれから、どう接していけばいいのか、怜司が考えなければいけないのは、そのことだった。

（今まで通り、彼と付き合うべきか？　たまに会って、酒を飲んで、そんな風に、何食わぬ顔で立ち回れるのか？）

また会いたいと、別れ際に言った直哉の声は、ベッドの中とは別人のように心細そうだった。怜司を感じさせるだけ感じさせておいて、彼は自分自身は何も求めてこなかった。欲情し切った熱い瞳で見つめながら、甘い愛撫だけを怜司に与えて、何一つ奪おうとしなかった。

(俺だけ、何故《なぜ》)

次に会う約束をしたら、直哉はその訳を教えてくれるだろうか。でも、会えばきっとまた、拒めない。直哉の積極的で熱いキスに、抗える自信がない。

(まだ唇が熱いんだ。まだ、俺は、おかしいんだ)

さっき拭った唇を、もう一度、今度は服の袖で拭う。自宅のある駅で降りて、怜司は見慣れた住宅街の風景の中を、早足で歩いた。

帰ったらすぐに、横になりたい。夢も見ずに眠りたい。そして目が覚めたら、一日前に時間が巻き戻ってくれていたらいい。儚《はかな》い期待を抱きながら、怜司はポケットの中の鍵を、ちゃりり、と鳴らした。

「――ただいま」

オフィスの入り口のドアを開けて、しんと静まり返った室内に、独り言のような帰宅を告げる。無人だと思っていたら、庭に面した明るい応接用のソファに、結花が座っていた。

「お父さん…っ、お帰りなさい」

どくん。愛娘《まなむすめ》の声を聞いて、こんなに心音が乱れたことはない。

入り口で立ち竦《すく》んでしまった怜司のもとへと、ぱたぱたとスリッパの足音を鳴らして、結花が駆け寄ってくる。

「よかった――。昨夜帰ってこないから、どうしたんだろうって、心配してたのよ?」

「……あ…、ごめ、ん」

「お父さんの電話に何度も連絡したのに。全然返事がないんだもん。どこに行ってたの」

「父さん、ちょっと、昨夜は飲み過ぎちゃって。酔っぱらっていたから、電話に、出られなかったんだ」

我ながら、苦しい言い訳だと思った。連絡できなかった本当の理由を、正直に言える訳がない。

「もう…っ、朝帰りなんて駄目じゃない、お父さん。無断外泊禁止だからねっ」

「う、うん。ごめん。父さん、悪かった。心配させてごめん」

「罰として、今日の掃除はお父さんがやってね。二日酔いしてない? 朝ご飯食べる?」

「……ご飯は、いいや。水が一杯ほしいな。すごく冷たいやつがいい」

「じゃあ氷入れてくるね。ちょっと待ってて」

にこ、と微笑《ほほえ》んだ結花《ゆか》のかわいい顔を、怜司は真正面から見ることができなかった。自宅部分へ繋《つな》がる通路へと、フレアスカートの後ろ姿が駆けていく。

(結花)

怜司は、がくりとソファに崩れ落ちて、小刻みに震え始めた自分の体を、両腕で抱き締めた。

(父さんは昨夜、直哉くんと――)

自分がしたことの重大さに、今やっと気付く。直哉は、結花が想いを寄せているかもしれない相手だ。昨夜のことを結花が知ったら、どれほど怒り、ショックを受けるか、想像するのも恐ろしい。

(取り返しがつかない。どうして俺は……っ、結花のことを考えてやれなかったんだ)

不誠実だ。父親としても、人としても、絶対にしてはいけないことをした。怜司の震えは大きくなって、体じゅうの血の気が引いていく。

もっと直哉に抵抗していれば、彼のマンションに行かなければ、第一に、彼と酒を飲まなければ、昨夜の間違いは起きなかった。何度も踏み止まる機会はあったのに、結花のことを忘れていた自分が情けなくて、許せない。

「お父さん、はいお水。どうしたの……?　顔が真っ青。気分悪い?」

オフィスに戻ってきた結花が、氷水のグラスを握り締めて、驚いている。心配してほしくない。気遣ってもらう資格がない。愛娘の想い人と過ちを犯した、最低の父親に、その水をぶっかけてほしい。

怜司は衝動的に、結花が持っていたグラスを奪い取って、氷ごと水を自分の頭にかけた。

「きゃ…っ!」

身を切るような冷たい水が、髪や服や、ソファを濡らしても、怜司の気持ちは晴れなかった。

「――お父さん――」

ごめん。ごめんな、結花。怜司の頭の中にあるのは、罪悪感と後悔だけだ。昨夜のことは全部忘れる。もう繰り返さない。

（あんなこと、二度としない。約束するから、結花、父さんを許してくれ）

自己嫌悪で泣き出しそうになるのを、怜司は必死でこらえた。タオルを探しに走る結花の姿が、愚かな父親の百倍清らかで、このまま消えてなくなってしまいたかった。

「――それで、工期の確認なんですが、ええ、はい。分かりました。重機の搬入と搬出に、道路使用の許可は取っていますので、はい、結構です。よろしくお願いします」

受話器を置いて、ほっと息をついたのも束の間、またすぐに電話が鳴り出す。そろそろ本気で事務員を雇うべきか、怜司は考えながら、再び受話器を持ち上げた。

「お電話ありがとうございます。高遠《たかとお》設計事務所です。あ、はい、高遠は私ですが」

月が変わり、街の景色がいっそう秋の風情を濃くする頃、怜司は多忙を極めていた。このところ新規の仕事に恵まれて、高遠設計事務所には、クライアントからひっきりなしにアポの電話がかかってくる。

神田駅の再開発に参加している企業や団体がプレスリリースされて、怜司の事務所にもいい広告効果を生んでいるのだ。下請けの一つに過ぎなくても、大富士《おおふじ》建設という大きな事業主の傘の下で、仕事が今まで以上にうまく回り始めている。

「ご連絡ありがとうございました。はい、詳しいことはそちらにお伺いしてからということで……、ええ、ぜひお願いします。失礼いたします。——ふう、今日はやけに忙しいな」

メモ帳に電話の内容を走り書きしながら、怜司は汗を拭った。手元には似たようなメモが、何枚も重なっている。

「退職した会社には気が引けるが、思わぬ効果だ。できる限り仕事を取って、働くぞ。今よりもっと、手広くやれる事務所にするんだ」

ほとんど空きがないスケジュールボードを見上げて、怜司は自分を鼓舞した。もっと仕事がしたい。休みなんかいらない。作業服の下の体が多少疲れていても、気にはならなかった。

ピルルル、ピルルル、今度は携帯電話を鳴らして、また別のクライアントが怜司を呼んでいる。応答しようとして、怜司は電話に伸ばした手を止めた。

「——」

液晶に表示されていたのは、直哉の名前だった。怜司は電話から視線を逸らし、引っ込めた手を作業服のポケットに入れた。そのまま黙って無視を決め込む。

彼のマンションで過ごした夜から、一日も欠かさず、こうして連絡がきていた。留守番電話やメールに残る、直哉の「会いたい」というメッセージ。怜司は彼の想いに、メールでたった一度だけ、「会いたくない」と返事をした。

(察してくれ。俺が、もう君と会う意思がないってことを)

怜司の方が年上なのに、大人げないことをしていることは、よく分かっている。あの夜、直哉の愛撫を受け入れておきながら、掌《てのひら》を返したように態度を硬化させた怜司は、卑怯者だ。彼からの連絡を無視するたび、怜司は自己嫌悪に拍車がかかっていた。

(君としたことは間違いだった。大事な娘に、後ろめたいことはしたくないんだ。もう電話もメールも、寄越さないでくれ)

長く鳴り続けていた着信音が、デスクの傍らでやっと途切れる。しばらく経って、留守番電話に録音されていた直哉の声は、何故だかとても儀礼的だった。

『東都《とうと》銀行の橘川《きっかわ》です。折り入って、お話ししたいことがあります。お時間をいただけないでしょうか』

いつも、直哉です、で始まるメッセージが、今日に限って彼の名字だ。話し方もどこか硬くて、空々しい。

「まるで仕事の電話みたいだな――」

直哉が何を言ってきても、もう取り合わないことに決めている。シャットアウトを続けていれば、そう遠くないうちに、怜司のことをいい加減で薄情な人間だと、直哉の方から切り捨ててくれるだろう。

（他にどうすればいいって言うんだ。俺はこんな形でしか、彼に嫌ってもらう方法が思い付かない）

一目惚《ひとめぼ》れだと言った、直哉のまっすぐな想いに背を向けて、本当に守りたいものだけを守りたい。それがどれほど傲慢で、残酷な行為に違いなくても、怜司に選択肢は一つしかなかった。

（結花だけは、悲しませたくない）

怜司は重たい溜息《ためいき》をついてから、メールを打っていた途中だったパソコンに向き直った。

落ち込んだ気分で、ビジネス文書の定型句を打ち込み、新しいクライアントに打ち合わせの日時を送信する。すると、メーラーが一通の受信を告げた。

「……今泉《いまいずみ》からだ。何だろう」

友人からのメールを開いてみると、神田駅の再開発のことで、話したいことがある、という内容だった。先日ホテルのレセプションで会ったばかりなのに、いったい何の用件だろう。

怜司はいぶかしく思いながら、スケジュールボードに予定を書き込んだ。今泉は、待ち合わせ場所に大富士建設の本社を指定している。怜司がそこに赴くのは、退社して以来、初めてのことだった。

秋晴れの後の、雨が降っている今日は、気分が冴えない。朝から東京の街を濡らしている雨粒は、高層ビルの鏡面ガラスを叩いて、窓の外の風景を見えなくさせていた。

「……どういう……ことだ？」

大富士建設本社ビル、一階ロビーの応接コーナーで、怜司は呆然《ぼうぜん》とした。向かいの席に座っている今泉が、額をテーブルに擦《こす》りつけるようにして、怜司に頭を下げている。

「上の決定だ。すまない。高遠」

「すまないって――、そんな説明で済ませられるか」

怜司は首を振って、テーブルの上の書類を指差した。今泉に渡されたばかりのそれには、怜司がとうてい承諾できないことが書いてあった。

「今更、施工業者を変更しろだと？　こっちはもう、得意先の業者を手配して、工期を確定させてるんだぞ」

「神田駅の再開発は、施工をうちの指定業者に発注することになったんだ。お前や他の下請けが使っている業者は、今回は参入できない。そう決まったんだ」

「いったいいつ。どうしてそんな話が、急に決まるんだ。普通なら再開発の計画が持ち上がった時に、真っ先に基本事項として定められるものだろうが」

「お前の言う通りだ、高遠。だからこうして、頭を下げてる」

「今泉……っ、ちゃんと説明しろ。うちの得意先のメンツを潰《つぶ》すことにもなるんだ。頭を上げて全部話せ」

「再開発の担当重役からのトップダウンだ。古い体質のうちの会社ではよくあることだ。お前だって知ってるだろう」

「本当に、そうか？　他にもっと、俺に言いにくい事情があるんじゃないのか」

「高遠――」

「あの人だな。こんな乱暴なやり方をするのは、一人しか思い付かない。指定業者制に変更したのは、生駒《いこま》さんの横槍《よこやり》だ。そうだろう」

はっとした顔をして、今泉は狼狽《うろた》えた。友人のその顔を見ただけで、怜司は何年も前に元上司から味わった、ひどい屈辱感を思い出した。

「今泉。他の下請けは、まだ工期まで時間がある。施工業者を選定していないところがほとんどだろう。実質、そっちの決定で痛手を被《こうむ》るのはうちだけだ。工期が一番早い俺のところだけが――。俺を嫌っているあの人には、格好の条件じゃないか」

「……すまない。再開発の担当重役は、大阪支社出身で、生駒さんと同じ派閥だ。お前との昔のいざこざを重役に耳打ちして、生駒さんはまた、お前にパワハラをしようとしてる」

「納得できないぞ。俺は大富士を離れた人間だ。今更パワハラされる謂《いわ》れはない」

がたりと椅子を鳴らして、怜司は立ち上がった。二人しかいない応接コーナーが、俄《にわ》かに緊張に包まれる。

「生駒さんはどこだ。直接あの人に会って、話をつける」

「待て。頼むから、うちの決定に従ってくれ。生駒さんには逆らうな。あの人は重役の補佐についてる。今や再開発のプロジェクトメンバーの一人なんだ。下手をすると、お前自身が下請けから外されるぞ」

「俺を脅す気か？　納得できないって言ったろう」

湧き上がる怒りを、怜司は止めることができなかった。この会社の社員だった頃なら、理不尽を感じながらも命令に従うことができた。でも、今は違う。怜司には従わない権利も、抗う理由もある。

「――ロビーで何を揉《も》めている。今泉、来客か」

「あ……っ、い、生駒次長」

今泉が後ろを振り向いたのを、怜司も反射的に目で追った。二人が言い合いをしていた応接コーナーに、エレベーターホールから、社員の一団が近付いてくる。その先頭にいた男へと、怜司は敢然と詰め寄っていった。

「生駒さん。ちょっとお話よろしいでしょうか」

「客はお前だったか、高遠」

生駒は取り巻きたちを先に行かせて、一人で怜司の前に立ち止まった。

「今度の再開発の、施工業者の指定制を撤回してください。うちの事務所は、技術の高い信頼のおける業者に発注しています。工期の迫った今になって、変更はできません」

「お前が業者に頭を下げれば済むことだろう。そんなことも思い付かないのか？」

「それで済む訳がないでしょう。業者との間に、多額の違約金も発生します」

「何だ、金の話か。くだらん」

穿《うが》ったことを言われて、怜司はかっとなった。今最も重要なのは、金じゃない。

「違います。メンツと信用の問題だと言っているんです」

「下請けが偉そうに。──ああ、分かった。違約金はうちで用立ててやろうじゃないか」

「……何ですって……っ？」

「救済措置もなく、指定制に変更したとでも思ったのか？　違約金を払ってお前の得意先の業者を切るか、特例として得意先をうちで使ってやる代わりに、お前が下請けから外れるか、好きな方を選ぶといい」

ぞくり、と怜司の背中に寒気が走った。生駒の提示してきた選択肢は、怜司がどちらを選んでも無傷ではいられない。

（この人は、どうあっても俺を、排除するつもりなのか）

あからさまなパワハラを突き付けられて、怜司は押し黙った。傍らにいた今泉の方が、強権的な生駒に業《ごう》を煮やして、声を荒らげる。

「生駒次長、いくらなんでも横暴です。高遠への今の発言を取り消してください！」

「この件は、重役会議で既に了承済みだ。違約金は融資元がすぐに手配してくれる」

「そ、そんな――！」

今泉を一蹴して、生駒は底意地の悪い笑みを浮かべた。

「さあ、どうする、高遠。お前一人の面倒事に付き合っている暇はない。早く選べ」

怜司はどうしようもない憤りを抱えながら、パワハラに抗おうと、心の中でもがいていた。やり甲斐《がい》を持って進めていた、神田駅のガード下にギャラリーを建てる仕事。得意先の施工業者には、とても力になってもらった。違約金を払ったところで、一度信用を失ったら、取り戻すのは難しい。それなら、業者の方が無傷でいることを、怜司は選びたかった。

「分かりました。今回の下請けから、自分を外してください」

苦渋の答えを出して、怜司は指が白くなるほど両手を握り締めた。

「高遠……っ」

今泉の沈痛な声が、ぐ、と胸の奥を締め付ける。怜司はほくそ笑む生駒へと、心を殺して頭を下げた。

「自分の代わりに、可能でしたら今泉を後任に据えてください。施工業者の変更の、撤回をお願いします」

「ふん。余計な手間をかけさせるな。今泉は設計課の課長だ。脱サラしたお前とは違って忙しいんだぞ」

「いいえ、次長！　この件は自分が請け負います！　高遠、後のことは俺に任せろ」

「ありがとう、今泉。設計と工期管理の引き継ぎをしたいから、近いうちにオフィスに寄ってくれ。——では、自分はこれで、失礼させてもらいます」

怜司は背中をまっすぐに伸ばして、踵《きびす》を返した。自分は間違った選択はしていない。そう信じて応接コーナーを後にする。

「お前は目障りだ。二度と大富士の敷居は跨《また》ぐな」

伸ばしたままの怜司の背中に、生駒が追い打ちをかけた。怜司は前だけを見つめて、エントランスの自動ドアをくぐった。

「頼まれたって、跨ぎませんよ」

ドアの開閉音に紛れて、怜司の声が生駒に届くことはなかった。傘も差さずに、ビルの外の雨にけぶったアプローチを歩きながら、思い出す。今と同じ虚《むな》しい思いを、昔もしたことを覚えている。

大富士建設の社員だった最後の日、怜司が設計課の自分のデスクを片付けていた時だ。あの時のやり切れなさ、怒り、悔しさ、それら全てを忘れるには、とても長い時間が必要だった。

（――得意先に、連絡をしないと。俺が下請けから外れても、工期には影響がないことを伝えて、安心してもらおう。今泉ならちゃんとやってくれる。後を任せられる奴がいるだけ、ましだ）

虚しさを振り払って、スラックスのポケットを探っても、指が震えて携帯電話を取り出せない。怜司はビルの敷地を離れたところで、それ以上歩けなくなって、足を止めた。

スーツを纏《まと》った体が、鉛のように重たい。冷たく降り続く雨が、怜司の足元のアスファルトを濡らしている。水溜まりができたそこに、ばしゃばしゃと跳ね返っていた雨粒が、不意に止《や》んだ。

「風邪を引きます。怜司さん。傘、どうぞ」

――どうして。どうしてその声が、今、自分のすぐ後ろから聞こえるのか、怜司には分からなかった。髪から垂れてくる雨の雫《しずく》に、は…、と溜息とも吐息ともつかないものが混じる。

「本当に、君は、神出鬼没だな」

いつも、いつも、タイミングを計ったように現れては、怜司の胸を掻き乱す。ずっと電話もメールも無視し続けていた、会ってはいけない男が、傘を片手にすぐそばに立っている。

「……直哉くん、傘はいらない。俺のことは放っておいてくれないか」

「傷付いている人を、放ってはおけません。誰かを庇《かば》って、つらい選択をした人なら、なおさらです」

雨音の下で、大きな手に握り締められた傘の柄が、軋《きし》みを立てた。

「まさか、また君に見られていたのか——?」

「はい。融資の件で、上司と大富士建設の重役会議に出席していたんです。エレベーターでロビーに下りたら、怜司さんとあの生駒次長が対峙《たいじ》しているのを、見てしまいました」

「本当に、タイミングが悪い。嫌なものを見せたな」

「怜司さん、このまま引き下がるつもりですか?」

「ああ。損害が一番少ない選択をしたつもりだ。君は余計な口を挟むな」

「待ってください。怜司さんが生駒次長から受けたのは、不当な圧力です。俺が証人になれば、訴訟を起こせます。怜司さんが彼を訴える気なら、うちの銀行の顧問弁護士も紹介できます」

「直哉くん……?」

「パワハラを容認する大富士建設は、融資をするに値しないと、うちの上層部に伝えましょう。すぐに職場に戻って、稟議書《りんぎしょ》を回します。融資が止まれば、あちらは生駒次長を責任問題で更迭するかもしれません」

馬鹿な、と怜司は力なく首を振った。エリート銀行マンが、利益にもならないのに、無名の設計士に手を差しのべるなんて聞いたことがない。それに、たとえ生駒に非があっても、

一人の下請けへのパワハラ程度で、銀行側が融資を見送るはずもない。君を巻き込むことはできない」

「現実を見ろ、直哉くん。君はこの件に関係ない。俺の個人的な問題に、君を巻き込むことはできない」

「いいえ……っ」

怜司が諭《さと》そうとしても、直哉は引き下がらなかった。怜司の肩を摑《つか》み、自分の方へと振り向かせて、力強く揺さぶる。

「怜司さん。怜司さんだけが、割に合わない思いをすることはないんです。俺は、あなたを助けられる立場にいます。俺を頼ってください」

「そんなこと、できる訳ないだろう」

「お願いします。怜司さんの力になりたいんです」

「直哉くん。君は公私混同をしている」

怜司を揺さぶっていた手を、直哉は止めた。降りしきる雨が、辺りの風景に幕を作って、互いの姿しか見えなくさせる。

「今回のことが、俺でなかったら、君はそこまで必死になったか？　君がしようとしていることは、自分の職場の東都銀行を、大富士建設と敵対させるということなんだぞ。君の上司や頭取が、それを望むと思うか。冷静な銀行マンなら、簡単に答えが出るだろう」

「怜司さん――」

悔しそうな声で囁《ささや》いた唇を、ぎり、と一度嚙み締めて、直哉は怜司を見つめた。何でも見透かす彼の瞳が、今は微《かす》かに潤んでいて、怜司は息を吞《の》んだ。

「公私混同なんて、承知の上ですよ」

「……君……」

「俺は、怜司さんが再開発の下請けから外れることを、予測できていたんです。大富士建設が、施工業者を指定制にするという情報は、うちの銀行に事前に入ってきていました。怜司さんの仕事に、きっと影響が出ると思いました。だから、心配で、何度も怜司さんに連絡を取ろうとして……っ」

怜司は驚きを隠せずに、眼鏡の下の瞳を大きく見開いて、直哉を見上げた。

「直哉くん。君が毎日、電話やメールをくれていたのは、そのためだったのか？」

「……はい。守秘義務に抵触することは分かっていました。でも、見て見ぬふりはできなかった」

「そうだったのか――」

直哉からの連絡を、ずっと避けていたことを、怜司は悔いた。直哉はこんなにも純粋に、怜司のことを思って、心配してくれていたのに。

「結局俺は、目の前でパワハラを受けている怜司さんを、助けることができませんでした。得意先の業者を守るために、あなたが覚悟を決めて下した選択を、俺がないがしろにする訳にはいかなかったから。理屈では、納得していても、それでも、怜司さんの力になりたいんです」

だんだんと赤くなっていく直哉の瞳が、怜司の胸を切なく貫いて、鼓動を乱した。直哉はどんな気持ちで、今日の一件を見ていたのだろう。ただの傍観者になれなかった彼は、あの場にいた誰よりも、怜司に近い場所にいたのだ。

「ありがとう。直哉くん。今回のことはもう忘れてくれ。俺も忘れる。大富士建設にも、あの生駒さんにも、遺恨は一切残さない」

退職願を書いた時、怜司は孤独だった。一人で戦って、一人でドロップアウトした。でも、あれから何年も経った今は違う。

（俺は、君の存在に、救われている）

怜司の頭上で雨を遮る、傘のような彼。怜司を濡らさないために、肩の半分をびしょ濡れにしている直哉が、赤い瞳を拭っている。

「この間の、銀座の日本酒バーに、飲みに行きますか。それとも、うまいご飯を作りましょうか。怜司さんが望むものを、何でも言ってください」

強い意思で、もう二度と、直哉に会わずにいようと思っていた。頑《かたく》なに彼のことを拒んでいた。でも、足元に広がる水溜まりが、靴の底を冷たく蝕《むしば》んで、立っていることさえできないほど、怜司を弱い男にさせる。

おぼつかない足が、直哉と二人で乗った、いつかの夜の満員電車を思い出させた。あの時、怜司を支えてくれた直哉の腕。電車の揺れにびくともしなかった、熱かったあの腕が欲しいと、怜司は思った。

「……君に、抱き締められたい」

「怜司さん——」

「今すぐ。二人きりに、なれる場所で」

はい、と返事が聞こえるよりも早く、直哉の手が、服の上から怜司の手首を摑んだ。

それからどこを、どう歩いたのか、ほとんど記憶がない。途中でタクシーに乗った気もするし、乗っていない気もする。

気が付いたら、怜司はホテルの一室にいて、雨色に染まった東京の街を、窓から見下ろしていた。

「大富士建設の、本社ビルが見える」

屋上にヘリポートのある、周辺でひときわ高いビル。そこが見下ろせるということは、この部屋は、随分と高階層にあるんだろう。

「余計なものは、見なくていい」

直哉がリモコンを手に、ゆっくりとカーテンを閉めていく。怜司の視界を、薄暗い密室に閉ざしてから、彼はリモコンをベッドへと放った。

「何も考えないで、俺のことだけ、感じて」

背中から抱き締めてきた長い腕が、怜司の望んだ熱を与えてくれる。髪を梳《す》くように触れた直哉の唇が、怜司さん、と甘い声で呼んだ。

満員電車の中のように、直哉に体を預けながら、怜司は瞳を閉じた。隙間なく寄り添った直哉のスラックスのポケットの内側で、携帯電話が震えている。勤務中の彼をホテルに閉じ込めて、いったい何をしているんだろう。

「――電源を落としておけばよかった。留守電に切り替わるまで、少し待ってください」

「出なくていいのか」

「俺は今、怜司さん一人のものです。電話には出られません」

「……馬鹿だな……。社会人、失格だ」

「怜司さんが、抱き締めてほしいと言ってくれたから。好きな人のために、してあげられることがあって、嬉《うれ》しいです」

ぎゅう、と腕の力を強くして、直哉は怜司を甘やかせる。携帯電話が着信を告げている間、彼は抱擁を解かなかった。

（やっぱり、君は、俺を駄目な人間にする）

怜司に惜しみなく与えられた、見返りのいらない二本の腕。自分からそれを振り解《ほど》き、直哉を仕事に戻らせる気持ちに、どうしてもなれない。怜司の脳裏には、二度と裏切らないと誓った結花の顔が浮かんでいるのに。

（弱い父さんで、ごめん――）

直哉の熱い腕も、広い胸も、怜司のものじゃない。でも、今まで必要なかった、彼という甘えられる場所を見付けてしまった。禁断の果実だと分かっていても、それを手放す勇気は、今の怜司にはなかった。

6

「嘘みたいだ。怜司さんが、俺の部屋で料理を作ってくれるなんて」

「……鍋なんか、材料を切って煮込むだけだ。料理の内に入らないよ」

初めて直哉とキスを交わした場所は、彼のマンションの部屋だった。どうしてまた、ここへ来る気分になったのか、自分でもよく分からない。しいて言えば、下請けを外れた再開発の仕事の引き継ぎを、今日済ませたからだ。後任を引き受けてくれた今泉が、すまなさそうに頭を下げる姿を見ていたら、むしょうに直哉に会いたくなった。

「いい匂いがしてます。——おいしそう。味見させてください、怜司さん」

囁くようにそう言うと、直哉はガス台の前に立っていた怜司を抱き寄せて、うなじに顔を埋めてきた。怜司の細くすべらかなそこが、彼の唇の柔らかさを感じて、びくん、と震える。

「ん…っ、直哉くん。君にそんなことをさせるために、ここへ来たんじゃない」

「一口だけです。我慢できない。いいでしょう？」

「駄目だ」

怜司の抗議を遮るようにして、ちゅ、ちゅ、とキスの音が続く。うなじから襟足、耳朶《みみたぶ》へと進んできた直哉の唇は、一口の味見だけでは終わりそうにない。

「この間、傷付いていた怜司さんにつけ込まなかった、ご褒美をください。好きな人とホテルにいながら、抱き締めるだけで終わるのは、普通は酷ですよ」

「……今つけ込むんなら一緒じゃないか……」

「怜司さん、やっぱり今日も、何かつらいことがあったんですね。あなたの方から俺に連絡をしてくるくらいだ。きっとそうだと思いました」

お願いだから、何でもかんでも見透かさないでほしい。図星を差されて、直哉に抗う術《すべ》がなくなってしまう。

「こっちを向いてください」

「い、いやだ……っ」

「今日はつけ込ませてもらいます。怜司さんの方から、この部屋に来たんだ。俺があなたに触れずにいられないことは、分かっていたでしょう?」

「知らないよ、そんなこと」

「嘘つき。心臓からすごい音がしていますよ、怜司さん」

「嘘なんかついてない――」

煮立った鍋の火を止められて、乱れた心音を自覚した数秒が、とても恥ずかしい。いけない、こんなこと許されない、と心の中で言い訳をしているくせに、直哉の腕にたやすく捕らえられる。

「……ん…っ、う……」

後ろへ捩《ね》じ向けられた首が痛い。性急に奪われた息が苦しい。唇を蕩《とろ》かす直哉のキスに、怜司の意識が瞬く間に霞《かす》んでいく。

（このキスは、この間のご褒美。直哉くんへの、お礼なんだ）

逃げ道のような、そんな理由がなければ、彼とのキスを受け入れられなかった。唇も、歯列の奥の舌も、彼の熱と同化しているのに、凍えたように体じゅうの震えが止まらない。

「こんなに震えて。寝室へ連れていって、温めてもいいですか」

「……鍋を食べたら、温まる」

「今は食事より、怜司さんのここが、ベッドの方がいいと言っています」

直哉の掌が、怜司のスラックスのベルトの下を、意味深に包んだ。

キスを交わしただけで膨らむそこは、慎みや、貞淑とは無縁だった。一度怜司の体に刻み込まれた愛撫の快感は、そう簡単には消えてくれない。何年も、誰とも肌を合わせなかった怜司を、直哉は掌でゆったりと撫で摩《さす》りながら、引き返せないところまで追い上げていく。

「は…っ、あ、ぅ……っ、ん――」

「今日も感じやすいですね。続きは向こうで。怜司さんが気持ちいいことをしましょう」

「これも、……こんなことも、君のご褒美だって、言いたいのか」

「はい。早くスラックスを脱がせたい。直《じか》に触って、俺の手を怜司さんので濡らしてほしい」

「やめてくれ――。君は少しも、よくないじゃないか。前にした時も、俺だけ…、どうして」

怜司にだけ一方的に与えられる愛撫は、直哉の方からすれば、ご褒美でもお礼でもない。

かといって、直哉と同じことを、彼にできるかと言われたら、怜司は戸惑っただろう。

「君は俺を、女性のように扱おうとしているのか？　それとも、好きだというのは、抱いてほしいという意味か？」

「生真面目《きまじめ》な、怜司さんらしい質問だ。――答えは前者です。俺はあなたを抱きたい」

「……直哉くん。俺は、女性ではないから、男に抱かれることを想像できない。でも、もし、君が望むなら」

「俺が望むなら……？」

「君の、ま…真似をすることなら、できるかもしれない」

せっつくような、怜司の体の奥のどこかが、一方的な愛撫は嫌だと言っていた。直哉と禁忌を犯すなら、せめて彼と対等がいい。

どきん、どきん、と胸を鳴らしながら、右手を後ろの方へと伸ばす。スラックスの下の、筋肉のついた直哉の腿《もも》に触れた瞬間、怜司の指先が火照った。でも、その手をすぐに、直哉にいなされてしまう。

「怜司さんは、何もしないで」

「直哉くん――？」

「俺はあなたに、片想いをしています。怜司さんの気持ちが、ちゃんと俺の方に向いてくれるまで、待ちますから」

「でも、そんな日は、この先ずっと、来ないかもしれない、よ」

「それでも待ちます。怜司さんが本当に、俺のことを欲しくなるまで。今はあなたに傅《かしず》かせてください」

直哉の声が、再び重ねた唇に掻き消されていく。とても、傅いている人間とは思えない、激しいキスだった。秒間もなく口腔を舌でいっぱいにされて、息ができなくなる。

「ん…っ、ふぅ……っ」

苦しくて喘《あえ》いだ体を、強く抱き竦めながら、直哉は怜司のベルトを外した。巧みに動く指がスラックスの前を寛《くつろ》げ、その内側へと入ってくる。慎みを忘れた怜司の中心は、直哉の愛撫を待っていたように、ぶるん、と揺れて悦《よろこ》んでいた。


「――ただいま」

直哉のマンションで過ごしてから、電車に揺られて自宅に戻ると、もう夜の十一時を回っていた。平日だというのに、遅い時間まで家を空けた不良な父親を、愛娘が玄関先で出迎えてくれる。

「お帰りなさい、お父さん。遅かったね」

「う…うん。今日はちょっと、得意先の人と、外で集まりがあったんだ」

「あ、だからお酒くさいんだ？」

くんくん、結花は無邪気に鼻先を近付けてきて、怜司の服の胸元を嗅《か》いだ。ほんの三十分ほど前まで、直哉と濃密に過ごしていたから、きっと彼の匂いも染みついている。怜司は内心焦って、結花の肩を押し戻した。

「やめなさい、結花。父さん、たくさん汗をかいているから、汚いよ」

ばつの悪さをごまかすために、咄嗟《とっさ》に言った言葉で、墓穴を掘った。汗――直哉にベッドで翻弄されている間、怜司はずっと汗をかいていた。

（結花の前で、何を考えているんだ、俺は）

直哉に会った後で、結花の顔をまともに見られないのは、一種の罰だ。お前は父親として最低のことをしている、と、神様がどこかから怜司を睨《にら》んでいる。

「お酒の後ってことは、夕ご飯は食べなくても平気？」

「――ああ。シャワーを浴びて、もう寝るよ」

「残念。今日は自家製ソーセージのパエリアと、ブイヤベースがあるんだけど」

「それは……、随分凝ったメニューだね」

「うん。料理教室があったから、余ったのをもらって帰ってきちゃった」

「えっ」

「忘れてたの？　今日は教室の日だよ」

どき、と怜司の胸から変な音が聞こえた。結花の通う料理教室は、毎週同じ曜日の同じ時間に開かれているのに、すっかり失念していた。

「でも出席率悪くって。同じ班の友達が二人も休んでたし、直哉さんも来なくて、すごく寂しかった」

どき、どき、また胸が痛む。直哉が教室を休んで、自分と一緒にマンションにいたとは、口が裂けても言えない。

（教室のことを、彼は口に出さなかった。――俺が会いたいって、連絡なんかしたから、言い出せなかったんだろうか）

結花が直哉と会う、週に一度の大事な時間を、父親の自分が奪ってしまったなんて。

心の中で、罪悪感が二重にも三重にも膨らんで、怜司はまた自己嫌悪に押し潰されそうになった。

「生徒が少なかったから、今日はね、先生にマンツーマンで教えてもらえたの」

「……そうか。かえってよかったじゃないか。得をしたね」

罪悪感を抱えたまま、結花と普通の親子の会話を交わすのは、偽善に違いない。自分の顔が、能面のように作り物めいているのが分かる。

「先生ね、テレビの料理番組のロケで、今度フランスに行くんだって。さすがカリスマシェフ！　すごいよね」

結花が両手を夢見る少女のように組んで、いつも澄んだ瞳をますますきらきらさせている。

そう言えば、結花のクラスの先生は、人気のレシピ本を出して、世間でカリスマと呼ばれている有名シェフだった。

「蔵森《くらもり》先生、だったかな。父さんもテレビで見たことがあるよ。背が高くて、まだ若い先生だった」

「うんっ。先生は中学を出てすぐ、イタリアで修行したんだって。イタリアンだけじゃなくて、フレンチもスペイン料理も、何でも得意なの。また新しいレシピ本を出すって言ってた。予約しなくちゃ」

結花の頬が、心なしか赤くなっている。先生をとても慕っていることが伝わってきて、ささくれていた怜司の胸の奥が、もっとちくちく痛んだ。

（本当に、結花はいい子だ。こんないい子を、俺は何度も裏切ったんだ）

怜司が直哉としていることを、結花は知らない。怜司が今、この瞬間も嘘をついていることを、疑いすらしない。

（結花を見ていると、自分が薄汚れた人間だと、よく分かる）

いったいどうしたら、この自己嫌悪の袋小路から抜け出せるだろう。愛娘の顔をまともに見られる、元の父親に戻れるのだろう。

「結花。父さん、シャワーを浴びてくるから。あまり夜更かしをしないで、早く寝なさい」

熱いお湯を浴びたら、少しは冴えない気分が晴れるだろうか。迷いを抱えた駄目な父親の背中に、結花の声が明るく響く。

「はーい。――ねえお父さん」

「うん？」

リビングで上着を脱いでいた怜司に、とことこっ、と小走りで寄ってきて、結花は上目遣いをした。

「お父さん、もしかして、恋人できた？」

「え…っ!? どっ、どうして？」

「だって、この間は朝帰りしてたし、今日も帰りが遅かったし、お父さん、最近ちょっと、様子が変だから」

驚きを飛び越えて、呼吸が止まりそうだった。結花が探るように瞳を瞬《しばたた》かせている。

「へ――変、じゃないよ……っ、普通普通」

「そうかなあ。そうやってごまかすのって、すっごくアヤシイ」

「何を言ってるんだ、結花。父さんには恋人なんて、いないよ」

小さな事務所を切り盛りして、あくせく働いている三十二歳の男は、たいして人気がない。ただでさえ、気に入っていた仕事を、プライドを守るために棒に振った、不器用者だ。昔から恋愛経験はそう多くないし、恋人の条件としては、自分は底辺だろう。

（考えてみたら、人に好きだと言われたのは、直哉くんが、久しぶりだった）

あの時のことは、とても衝撃的で、忘れようにも忘れられない。一目惚れとか、付き合ってくださいとか、恋人になってください、とか、会って二度目で直哉が告げてきた言葉は、ストレートの剛速球だった。

彼の告白を否定して、逃げ出したのは怜司の方だったのに。都合よく彼に電話をかけたり、会ったりしている自分が、愚かでどうしようもない人間に見える。

「あっ、お父さん今、好きな人のことを考えてるでしょ」

「すっ、好きな人なんかいない。もちろん、恋人もだ。父さんをからかわないでくれ」

「からかってないもーん」

くすくす微笑んでいる結花には、直哉との関係をどう説明しても、理解してはもらえないだろう。いや、理解を望むこともおこがましい。

（恋人でもない相手と、俺は――）

何度キスを交わしても、直哉は恋人とは違う。彼の想いに胡坐《あぐら》をかいて、つらいことが起きるたび、怜司は甘えているだけだから。彼の想いと等しいものを、返すこともできないまま、自分だけいいとこ取りをしている。

（彼と過ごしていると、心地いい。恥ずかしい姿を、もうたくさん見せたから、気負わなくていいんだ）

今まで、それなりに成功や挫折を経験して、地に足の着いた生き方をしてきたつもりだった。でも、今の怜司は、水辺に生えた浮き草のように心許《こころもと》ない。直哉との出会いが、強かった怜司の殻を破って、傷付きやすい柔らかな部分を剝き出しにしてしまったからだ。

（このままだと俺は、結花にも、直哉くんにも、ずるずるといい加減な態度を取ることになってしまう）

友人とも呼べない、仮初《かりそ》めに寄り添っているだけの、形のない直哉との関係。それは結花が想像しているような、綺麗な関係とはまるで違う。

「どうしたの、お父さん。急に黙り込んじゃって」

「いいや、何でも、ないよ」

「あのね、お父さん。私は、お父さんのことが、小さい時から大好き。お父さん以上に優しくて、素敵な人はいないって思ってるよ？」

「結花……」

「私が我儘《わがまま》を言ったから、お父さんはお母さんと別れてもずっと、私のお父さんでいてくれたんだもん。だから、お父さんにも幸せになってほしいの」

駄目な父親のことを、結花がそんな風に思ってくれていたなんて。面映《おもは》ゆく思うよりも、怜司は申し訳なくて仕方なかった。

「好きな人ができたら、結花に一番に教えてね。私、絶対応援する」

「……うん。そういう人が、できたら、言うよ。ありがとう、結花」

「冷蔵庫にプリンがあるから、お風呂上がりに食べて。じゃあ、おやすみなさい」

「おやすみ」

リビングで結花と別れて、怜司は逃げるようにバスルームへと駆け込んだ。

熱いシャワーを頭から浴びて、ぐしゃぐしゃに髪を掻き混ぜ、濡れた自分の頬を何度も両手で叩く。

（結花をごまかしてばっかりで、お前、恥ずかしくないのか）

嘘をついたり、人の嫌がることをしたり、信頼を失うようなことをしてはいけない、と、父親面をして結花を躾《しつ》けてきたことが、そのまま自分に返ってきた。父親としての怜司はもう、崩壊寸前のところまできている。

（結花に後ろめたいことだけは、もうしないつもりだったのに……）

こんなに自己嫌悪を感じるくらいなら、直哉と出会わない方がよかった。力強くて熱い彼の腕を、知らない方がよかった。

直哉という甘えてもいい場所を、ずっと知らずにいられたら、怜司は今も、結花の前で毅《き》然《ぜん》とした父親でいられたのに。

（自己嫌悪まで、人のせいにするのか。お前は父親のくせに）

バスルームの鏡に映る、泣き出しそうな自分の顔に、怜司はシャワーのヘッドを向けた。

ばしゃばしゃ、跳ね返ってくるお湯の飛沫を浴びながら、室内を白い湯気が満たすまで、怜司はそこに立ち尽くしていた。

7

秋晴れの青い空の下、落成式が終わったばかりの真新しいビルが、誇らしげに怜司を見下ろしている。自分が設計を手掛けた建物は、怜司にとっては作品だ。街の中に自分の作品が増えるのは、とても幸せなことに違いない。

「列席者のみなさん、お集まりください。記念撮影をいたします」

今日のために雇われたカメラマンの声に、談笑していた列席者たちは、ぞろぞろと整列し始めた。怜司もネクタイとシャツの襟の乱れを気にしながら、整列に混じる。

「高遠さん、そんな後ろにいないで、もっと前へどうぞ」

「いいえ、自分はここで結構ですよ」

「このビルを建ててくださった先生なのに、遠慮しないでください。さあさあ、どうぞこっちへ」

列の前方へ押し出された怜司は、真ん中にいたビルの所有者の隣で、記念写真に納まった。これからホテルへ移動して会食があり、その後は内輪だけの二次会が開かれる。ビルのお披露目を兼ねた祝いの宴に、怜司の席も用意されていた。

(招待されておいて、申し訳ないけど、今日はあまり飲みたい気分じゃない)

青空に映える、立派に完成したビルを前にして、怜司の気持ちは少しも晴れない。頭の奥を、ビルとは関係ない一人の男に占められていて、祝辞もまともに言えなかった。

（式典とはいえ、仕事なのに。直哉くんのことなんか考えてどうするんだ）

ホテルに向かうマイクロバスに乗り込みながら、怜司は憂鬱《ゆううつ》な気分で髪を掻き上げた。直哉とは、彼のマンションで会って以来、一度も顔をあわせていない。会って気まずい思いをするよりは、こうして離れている方がいくらかましだ。

駅前の賑《にぎ》やかな目抜き通りを、バスの車窓から眺めていると、怜司の携帯電話がメールの着信を告げる。何となく予感がして、は、と溜息をつきながら液晶を見ると、思った通り直哉からのメールだった。

『今日、時間ありませんか。会いたいです』

余計なもののない、シンプルな文面は、直哉の癖なのかもしれない。相変わらず、彼からは日を置かずに連絡がくる。そのたびに怜司が、重苦しい思いをしていることも知らずに。

彼から連絡があるたび、誘いを断る理由を考えるのは、とても苦労する。でも、今日の怜司は夜まで予定が埋まっていた。

『クライアントに同行している。忙しいから会えない』

彼と似たシンプルな文面を打ち込んで、怜司はメールを返信した。

この間、直哉のマンションで過ごしたのを境に、また彼のことを避けている。誘いを断り続ければ、彼との関係が自然消滅するんじゃないかと、期待してしまう。

面と向かって拒絶する勇気がないのは、怜司の心の奥にまだ、直哉へ甘えている部分があるからだ。彼との関係を断ち切ってしまうことを、本能的に拒んでいる。

（俺がもっと、毅然としなければいけないいんだ。このままだと、結花も直哉くんも、みんな傷付く）

自分を含めた、ややこしい三角形の構図。直哉に出会う前は、想像さえできなかった世界で、怜司は臆病に立ち竦んでいる。

（君は俺のことを、好きだと言う。でも、君のことを、結花はきっと想っている）

そうに違いないと思いながら、結花の直哉への気持ちを、怜司はまだ、確かめられないままだった。結花に一言聞けばいいだけなのに、どうしてもそれができない。素直な愛娘は、父親が真摯に聞けば、きっと打ち明けてくれるだろうに。

（俺は――何を怖がっているんだ。結花に言えないようなことを彼としたから、事実から目を背けたいだけなのか）

また自己嫌悪で息苦しくなりそうなのを、怜司はどうにか堪《こら》えて、バスを降りた。

ホテルの宴会場で、豪華な懐石料理でもてなされ、ビールの乾杯が続いても、怜司はいくらも喉を通らなかった。料理の味も酒の味も、何一つ分からない。早く自宅に帰って、横になっていた方がいいかもしれない。胸がむかむかして、悪酔いをしそうだ。

「ささ、高遠さん、河岸《かし》を変えてもう一杯いきましょう。今日は帰しませんよ」

「すみません、ちょっと体調不良で。二次会の方は、ご遠慮させてください」

「そんなあ。高遠さんがいらっしゃらないと、話になりませんよ」

「すみません、本当に。せっかくのお祝いの席に醜態を曝《さら》してはいけませんから、今日はこれで失礼させていただきます」

二次会へ誘うクライアントに、何度も頭を下げて、怜司はようやく解放された。会食が始まってから、思った以上に時間が過ぎていて、ホテルの外はもう薄暗くなっている。

つるべ落としの夕刻の街を、怜司は一人寂しく家路についた。たいして飲んでもいないのに、足を動かすたび、どんどん酔いの不快感が深まっていく。タクシーを拾おうか、路線バスの時間を待とうか、ぼんやりと迷っているうちに、怜司は駅前の繁華街に出ていた。

この辺りは、怜司の住む街で一番洒落《しゃれ》た界隈で、林立する人気のカフェは、いつも若者や女性客で賑わっている。車道を挟んだ通り沿いにあるオープンカフェへと、何気なく視線を向けた怜司は、そこに結花がいることに気付いた。

（え……？）

周りにたくさんの客がいても、はっと目を引くほど眩しい笑顔。怜司の位置からは遠目でも、愛娘を見間違えるはずはない。結花が笑顔を向けている先には、怜司もよく知っている男がいた。

（直哉くん）

どきん、と訳もなく怜司の心臓が跳ねる。仕事帰りに会う約束をしていたのか、彼はスーツ姿だった。小さなテーブルで向かい合い、楽しそうに話している結花と直哉。時折顔を寄せて、二人でくすくす微笑んでいる。

結花が直哉に、普段どう接しているか、この光景を見ただけで分かる。あんなに女性らしい顔で微笑む愛娘を、怜司は見たことがなかった。父親に向ける結花のかわいい笑顔は、いくらでも知っているのに。

（結花、お前はやっぱり、直哉くんのことを）

きゅ…、と怜司の体の奥のどこかが、締め付けられる。不可思議なその感覚は、二人のことを見ている間に、少しずつ鮮明になった。

それから間もなく、二人は席を立って、オープンカフェを離れた。通りの反対側で怜司が見ていることも知らずに、繁華街のもっと奥の方へと向かっていく。

そこで怜司は、ついに見てしまった。直哉の腕に、結花が自分の腕を絡める瞬間を。逞《たくま》しい腕に甘えるように触れた、愛娘の華奢《きゃしゃ》な腕。デートをしている恋人どうしにしか見えない二人が、雑踏の中に消えていこうとしている。

怜司は結花と直哉の後を追った。胸がざわざわうるさくて、駆け出さずにはいられなかった。

「結花……っ」

二人がデートの約束をしていたのなら、直哉から怜司に届いた、あのメールは何だ。「会いたい」とメールを寄越しておいて、当の本人は結花と会っているなんて。

（直哉くん、君のしていることが、俺には全然分からない）

愛娘の恋ほど、父親をやきもきさせ、頭を悩ませるものはない。相手がどんな男でも難癖をつけたがるくせに、本当に娘を幸せにしてくれる相手なら、焼きもちや意地を捨てて、応援してやりたいと思うのが父親なのだ。

でも、不誠実な男は応援できない。結花が知らない直哉の裏側を、怜司は知っている。彼は男に好きだと告白した男だ。直哉が結花を騙《だま》して、二股《ふたまた》をかけようとしているのなら、絶対に許さない。

「は…っ、はぁ…っ、は……。結花――彼は、駄目だ。秘密のある男は、碌《ろく》なもんじゃない」

雑踏を掻き分けるようにして走っていた怜司は、結花と直哉の後ろ姿にようやく追いついた。狭い路地へと入っていく二人は、まだ恋人のように腕を組んでいる。

（結花。彼はその腕で、父さんを）

満員電車の中で、ホテルの部屋で、マンションのベッドで、直哉の腕は、何度も怜司を抱き締めた。怜司を甘やかせたその腕で、直哉が同じように結花を抱き締めるつもりなら、全力で阻止する。

（やめてくれ。冗談じゃない）

二人が歩く路地の先に、ちらちらと見えてくるラブホテルの看板。ピンク色をした露骨なライトが、アスファルトをいやらしく染めている。ぞっと鳥肌が立つような想像をして、怜司はとうとう、声を荒らげた。

「待ちなさい！　結花！」

長い髪を跳ねさせて、結花がびっくりしたように振り返る。怜司は足を止めずに、猛然と二人へと駆け寄った。

「お父さ――」

「怜司さん？」

直哉と目が合った瞬間、怜司は頭の中が沸騰した。自分が何を叫んだかも、何をしたかも分からなくなった。

「娘から離れろ……っ！」

怜司の右手の拳《こぶし》が、無意識に直哉へと伸びる。有無を言わさず、彼の頬を殴り飛ばして、怜司は仁王立ちした。

「結花を君の好きにはさせない！　うちの娘に手を出すな！」

「直哉さん――！」

路地に倒れ込んだ直哉を、結花が抱き起そうとしている。怜司は咄嗟に結花の腕を摑んで、元来た方へと駆け戻った。

「お父さん！　何するの！　お前は父さんと来るんだ！」

「黙っていなさい！」

「嫌…っ、やだ…！　お父さん離して！　直哉さんが――」

「あんな男は放っておきなさい！」

通りの脇に停まっていたタクシーへと、結花を無理矢理押し込んで、自分もその隣に乗り込む。怪訝《けげん》な顔をしている運転手に、怜司は早口で行き先を告げた。

「新町三丁目の高遠設計事務所まで。急いで」

早く、結花と直哉を引き離さなければいけない。それだけを思う怜司を乗せて、タクシーが走り出す。殴った後の直哉がどうなったのか、考える余裕はなかった。

「ひどいよ、お父さん！　暴力を振るうなんて……っ、どうしてあんなことをしたの」

「――静かにしていなさい。話なら家に帰ってから聞く」

「嫌よ！　すぐに戻って、直哉さんに謝って！」

「結花……っ、あの男にはもう会うな。料理教室に通うなら、別のところにしなさい」

「どうしてそんなこと言うの？　直哉さん、何も悪いことしてないのに、どうして殴ったりしたのよ！」

タクシーが家に着くまでの間に、結花は両目を真っ赤にして、半泣きになっていた。家の前でタクシーを降りるなり、駅へ向かおうとした結花を、怜司は必死の思いで玄関まで連れていった。

「お父さん！　離してってば…っ」

「彼のところに戻るのは、父さん絶対に許さないぞ。おとなしく言うことを聞くんだ」

「直哉さんに謝ってよ。人を殴るなんて、一番いけないいんだから！　あんなことをするお父さん、大嫌い！」

「結花――」

「もう知らない！　もうお父さんと口きかない！　絶交よ！」

ダンダンダン、と玄関から階段を駆け上がっていった結花は、大きな音を立てて自室のドアを閉め切った。

結花から絶交宣言をされたのは、これが初めてかもしれない。親子で激しく言い合いをしたことも、怜司の記憶にはなかった。重たい足取りで階段を上がり、鍵をかけられた結花の部屋のドアをノックする。

「結花。ここを開けて。出てきなさい」

ドアの向こうは静かだった。何の反応もしてくれない結花に、溜息をついてから、怜司は穏やかな声音《こわね》で言った。

「ヘソを曲げないでほしいんだ。父さんは、お前のためを思って言っているんだよ。直哉くんと親しくするのはやめなさい」

「……絶交だって言ったでしょ。お父さんのバカ。嫌い」

「結花。父さんとちゃんと話そう？　頭ごなしに怒ったことは謝る。だから、出ておいで」

「私じゃなくて、直哉さんに謝って。ひどいことをしたの、お父さんなんだから」

「違うよ、ひどいことをしたのは彼の方だ」

「直哉さんのことをよく知らないお父さんが、どうしてそんなこと言えるの？　直哉さんを殴った理由を言ってよ」

「それは……彼が不誠実な男だからだ。彼は、父さんに」

一目惚れだと言った。恋人になってくださいと言った。あなたの休憩場所になりたい、とも言った。

直哉が並べ立てた甘い言葉に、怜司はまんまと騙された。彼は怜司に「会いたい」とメールを寄越しながら、結花をホテルに連れ込もうとするような、悪い男だったのだ。

——でも、どうやってそのことを、結花に伝えたらいい。直哉は父さんにキスをしたんだと、正直に言えばいいのか。料理教室を休んで、ベッドの上で父さんの服を脱がせていた、と、全部打ち明ければいいのか。

そんなこと、言えるはずがない。直哉の行為を許したのは、怜司自身だから。躊躇っても抗っても、情熱的な直哉のことを拒み切れなかった。あんなに堂々とまっすぐに、好きだと告白してきた人間は、三十二年も生きてきて彼が初めてだったから。

(彼が俺を騙そうとしたんなら、傷付くのは俺だけでいい。俺は父親だ。結花に嫌われても、大事な娘を悪い男から守るのが、俺の役目だ)

爽やかな好青年にしか見えない、優しい顔で笑う、料理上手なエリート銀行マン。完璧なその仮面を脱いだ直哉に、何度も愛撫された体をドアに預けて、怜司は懇願した。

「もう直哉くんと会わないと、父さんに約束してくれ。彼は結花にふさわしくない」

「――意味分かんない。全然説明になってないよ」

「結花、お願いだ。彼がしていることはおかしい。信頼できない男なんだ」

「おかしいのはお父さんの方だもん。直哉さんは、結花の大切な人なのに。変なこと言うのやめて」

「大切な人って……」

「今、直哉さんからメールが来たから、読んであげる。『ごめん。さっきはびっくりしたね。お父さんは、何か誤解しているみたいだ。心配だから、結花ちゃんはお父さんについていてあげて。俺のことは大丈夫。お父さんと喧嘩しちゃ駄目だよ?』。……直哉さん、殴られたのに全然怒ってない。お父さんのこと心配してるよ?」

「え……っ」

「こんなに優しい直哉さんの、いったいどこが悪い人なの」

怜司は言葉をなくして、何も言い返せなくなった唇を震わせた。誤解とは何だ。直哉が心配しているなんて、どういうことだ。怜司は彼の頬を、あんなに思い切り殴り飛ばしたのに。

「結花、父さんはただ、お前のことを思って」

「そんなの知らない。直哉さんは、暴力を振るうお父さんより、ずっとずっと信頼できる人なんだから。もうあっち行って。私に話しかけないでっ」

ドン、と室内から、結花がドアを強く叩いた音がした。愛娘のシャットアウトを食らった怜司は、それきり静まり返ってしまったドアの前で、力なく項垂《うなだ》れた。

「父さんは結花と、喧嘩をしたかった訳じゃないんだ――」

もう一度ドアをノックしても、返事をしてくれない。

ずっと前に、テストの成績が下がって叱った時は、結花はベッドに潜り込んで拗《す》ねていた。今もきっとそうしているだろう。

「結花。お風呂を沸かしておくから、落ち着いたら入りなさい。明日の朝ご飯は、前に結花が作ってくれたオムレツがいいな。父さん、楽しみにしているからね。……父さんは、結花のことが誰よりも大切だ。それだけは分かってほしい。おやすみ、結花」

後ろ髪を引かれるようにして、怜司はゆっくりと階段を下りた。バスルームの脱衣室の棚にストックしてある、香りのいい入浴剤をバスタブに入れて、熱いお湯を張る。

テレビを見る気分にも、酒を飲む気分にもなれなくて、怜司は一人でオフィスへ行き、応接セットのソファに寝転がった。静まり返ったそこで、明かりもつけずに過ごしていると、ずきり、と右手が痛み出す。

「……青痣《あおあざ》になってる」

人を殴るなんて、慣れないことをしたから、怜司の拳も傷付いていた。殴られた直哉の頬にも、同じように痣ができただろうか。

(どうせ、たいしたダメージじゃないんだろう。結花にメールを送れるぐらいだ。非力な俺が殴ったって、痛みはすぐに引く)

直哉を殴った瞬間のことを思い出そうと、消えかけている記憶を辿《たど》る。あの時、無我夢中で右手を振り上げた怜司の前から、直哉は逃げなかった。彼は体を躱《かわ》そうともせずに、怜司の拳を黙って受け止めた。

(彼がどんな顔をしていたか、あんまり、記憶がない。頭の中がかっとして、気が付いた時には殴っていたから)

スライドのような、断片的な記憶の中で、直哉が結花と腕を組んでいたことを覚えている。怜司が殴る寸前、直哉はその腕を離し、結花の体を、路地の脇のビルの方へと押した。直哉がそうしていなければ、結花も巻き添えになって、殴られた彼と一緒に路地へ倒れ込んでいたかもしれない。

(……俺は怒りで、そこまで気が回らなかった。彼は、自分の身を守る余裕があったのに、

結花のことを、守ろうとした）

記憶違いだ。そんなはずはない。いくらそう思っても、目に焼き付いた光景は真実だ。

でも、怜司は自分の目を、簡単に信じる訳にはいかなかった。直哉が悪い男でいてくれないと困る。彼が結花を守るような好青年だったら、怜司のしたことが、まったくの無意味になってしまう。

「殴ったことが、間違いだったって、俺に言わせたいのか」

ずきん、ずきん、痛みで疼《うず》く拳を握り締めて、怜司はそれを、額にのせた。直哉のことが、また分からなくなってしまった。結花をホテルに連れ込もうとしているように見えた、あの腕を組んだ光景が誤解だと言うのなら、説明をしてほしい。抵抗一つせずに殴られた彼は、今どこで、何をしているのだろう。

左手でスラックスのポケットを探って、怜司は携帯電話を取り出した。恐怖映画を見る時のように、右手の拳の陰に隠れながら、そっと着信を確かめてみる。

「ない――」

履歴の『0件』の表示から、怜司は目を背けた。今、自分の胸の奥に湧いてきた感情が、よく理解できない。まるで直哉からの着信を期待していたかのような、この喪失感はいったい何だ。

『……直哉さん、殴られたのに全然怒ってない。お父さんのこと心配してるよ？　こんなに優しい直哉さんの、いったいどこが悪い人なの』

結花の声がどこかから聞こえてきて、怜司を責める。直哉に反論さえさせなかった怜司の方が、悪い人間じゃないのかと、疑問を投げかけている。

「言い訳の電話くらい、してきたらどうなんだ。いつもいつも、君は神出鬼没で、俺が呼びもしないのに、勝手に目の前に現れるくせに」

こんな時に限って、電話は鳴らない。メールもこない。殴った後で自分から連絡を取れるほど、怜司は心臓が強くも、鈍感でもなかった。

怜司はテーブルに電話を置いて、疲れて重たくなってきた瞼《まぶた》を閉じた。空調も効いていない、肌寒いオフィスで眠ったら風邪をひく。でも、結花がいる自宅に、自分の居場所はない気がして、ソファから起き上がることができなかった。

8

「結花。おはよ…」

「――行ってきます」

「味噌汁《みそしる》を温めるから、ちゃんとご飯を食べていきなさい」

「いらない。食べたくない」

朝の食卓を素通りして、大学へ行こうとしている結花を、怜司は呼び止めた。

「結花っ。いつまで意地を張るつもりなんだ」

「暴力を振るう人のご飯は食べません。夕ご飯もいらないから」

「ハンストなんかやめなさい。栄養失調で倒れたらどうするんだ」

「お父さんに関係ないもん。直哉さんに謝るまで、ずーっと絶交なんだから。ふんっ」

むくれた顔を、ぷい、と背けて、結花は玄関を出ていった。

結花に絶交を言い渡されてから、もう三日が過ぎている。話しかければ今のように不機嫌に返されるだけで、仲直りの糸口さえ摑めずに、怜司は困り果てていた。

「結花があんなに意固地だったなんて。いったい誰に似たんだ」

頑固な性格の自分を棚に上げて、食卓に残った結花の手つかずの皿に、ラップをかける。

今朝は結花の好きなアサリの味噌汁を作ったのに、見向きもしてくれなかった。昨日の夕食の煮込みハンバーグも、一口も食べてもらえずに鍋に残っている。

「高校に上がるくらいまでは、喧嘩をしても、俺の料理で仲直りできたのに」

成人式を過ぎた大学生の結花に、子供の頃と同じやり方は通用しないらしい。このまま絶交状態が続くと、怜司の方が精神的にまいってしまう。かといって、結花の機嫌を取るためだけに、直哉へ謝罪することはできない。

「……殴った方だって、痛い思いをしているんだ。結花にも分かってほしいな……」

怜司の右手にできた青痣は、三日経っても、まだ治っていなかった。殴った感触が残っているその手で、食器を片付け、作業服に着替えてからオフィスに向かう。

家庭の歯車が一つ狂うと、まるで連鎖反応のように、他の歯車も狂い始めていた。このところ、高遠設計事務所のオフィスには、共通した特徴のある電話が相次いでいる。

『高遠設計事務所の、高遠先生でしょうか？　私、先日お電話させていただいた、株式会社北里ビルディングの者ですが――』

「高遠です。お世話になっております」

受話器の向こうの、妙に畏《かしこ》まった相手の口調を聞いただけで、用件はだいたい分かる。怜司への仕事の依頼を、キャンセルする電話だ。

『大変申し訳ないのですが、発注の条件等の折り合いがつかず、今回は見送らせていただくことにいたしました』

やっぱり、と半ば諦《あきら》めながら、怜司は自分を納得させるために頷《うなず》いた。

「分かりました。また何かありましたら、ご遠慮なくご連絡ください」

申し訳ありません、と繰り返して、先方は電話を切った。似たようなやり取りが、今日の午前中だけで五件も続いている。

「……覚悟はしていたが、大富士建設と決裂したのが、想像以上のダメージになったな」

怜司の事務所は、先日落成式に招待してくれたような、付き合いの長いクライアントによって支えられてきた。でも、比較的新しいクライアントが、神田駅の再開発から外れた怜司を、敬遠するようになったのだ。

大富士建設がネットでも公表している、再開発の参加企業名簿に、高遠設計事務所の名はもうない。そのせいもあって、スケジュールボードが真っ黒になるほど埋まっていた怜司の仕事は、日を追うごとに減り続けている。

小さな設計事務所にとって、大手の建設会社の下請けでなくなることは、信用を疑われることに繋がる。プライドを守るために怜司が取った選択が、逆に怜司の首を絞めていた。

「最近、再開発ありきの仕事の依頼が多かった。身につかない泡銭《あぶくぜに》だと思えば、諦めもつく」

怜司はスケジュールボードの予定を一つ消して、空白の箇所が広がるそれを見つめた。

「向こう一ヶ月分、仕事が飛んだ――」

この事務所を立ち上げたばかりの頃の、穴開きだらけだったスケジュールボードを思い出す。今は既存の得意先を大事にして、受注している仕事を確実にこなすしかない。どんなに不本意でも、仕事で失った信用は、仕事で取り戻すしか方法はないのだから。

勇んでパソコンを起動させたものの、怜司はデスクに片肘《かたひじ》をついて、重たくなってきた頭を抱えた。マウスに触れた指先が、それ以上動かない。何だかとても、疲れてしまって、CADを起動させられない。

(頭がパンクしそうだ。考えることが多過ぎて)

先行きが分からなくなった仕事のこと。喧嘩をしたままの結花のこと。掛け違えた歯車が軋みを立てて、怜司を容赦なく苦しめる。

設計士としても、父親としても、高くて大きな壁に突き当たってしまった。簡単には越えられないその壁の前で、逃げるな、と自分を奮い立たせながら、心のどこかで逃げ道を探している。設計士でも父親でもない、もう一人の怜司が、休める場所を求めている。

「どうして……っ」

頭の中に、その場所になりたいと言った男の顔が、静かに浮かび上がってきた。

「どうして君の顔が出てくるんだ」

ぶるっ、と頭を振っても、直哉の残像が消えてくれない。

休憩場所があった方が、怜司はもっとがんばることができると、直哉はバーでグラスを交わしながら言った。仕事も家庭も、一人で戦って守ってきた怜司の心を、直哉の言葉は深く射貫いた。

あの時の直哉が、嘘をついていたとは思えない。嘘だったらきっと、怜司は心を動かされることもなく、こんな風に記憶に残ってすらいないだろう。

（君は、いつも俺がつらい時に現れて、俺の気持ちなんかおかまいなしに、心の中に入り込んでくる）

直哉のことを殴って、関係を断ち切ったつもりの今でさえ、頭の中が彼でいっぱいになっていく。他に考えることは山ほどあるのに、彼が何度も怜司に見せた、屈託のない笑顔に掻き消されていく。

「駄目だ。仕事――しないと。俺はもう、君に甘える訳にはいかないんだから」

スリープ状態になっていたパソコンに指を伸ばして、怜司はキーボードに触れた。無理矢理頭を仕事に戻そうとして、得意先から届いていたメールをチェックする。

事務的なそれに返信をした後で、怜司はふと、一通のダイレクトメールが目に入った。建設業者向けのコンペの誘いで、時折似たような内容のメールが、怜司のオフィスにも送られてくる。

「そうだ。空いた時間で、どこか公募のコンペにでも出品してみるか。学生の頃はよくやっていたっけ」

試しにパソコンで検索してみると、自治体が募集する、街の公園のデザインや、公民館の設計、他にも企業主体の商業ビルなど、様々なコンペを見付けることができた。

応募するには設計図のCGパースと、建築模型も必要だ。模型を作るための材料なら、スチレンペーパーをはじめ、オフィスに大概揃っている。

「どれもまだ、締め切りには余裕がある。新規の営業だと思えば、無駄にはならない」

コンペ情報を集めたポータルサイトを発見して、気になるものを片っ端から調べていく。その中の一つに、学生や一般人まで広く応募できる、カフェのコンペがあった。

「カフェ……」

怜司の頭の中にまた、追いやったはずの直哉の顔が浮かんできた。

「確か、彼の夢は、自分でカフェを開くことだったな」

まだ知り合ったばかりの頃に、直哉が少し照れくさそうにして打ち明けてくれた。銀行マンらしくないその夢に、怜司も共感したことを覚えている。思い出した。彼は夢を叶えるために、料理教室に通っているのだ。

「彼の腕前なら、すぐに看板メニューができて、人気のカフェになりそうだ」

夢の話を聞いた頃はまだ、直哉の料理の腕前を知らなかった。河川敷の公園で食べた、彼の弁当のプロ顔負けの味。手製のサングリアの爽やかさ。彼の夢は、夢で終わらず、きっと手の届くところにある。

「……直哉くんのカフェか……」

怜司はデスクの隣の棚からスケッチブックを引き抜いて、芯の濃い鉛筆を手に取った。どうしてそんなことをする気になったのか、自分でも分からない。真っ白なページを開いて、無意識のように鉛筆を滑らせる。

設計の仕事に入る前、怜司はいつもこのスケッチブックに、建物の完成予想図を描くことにしている。それはラフなイラストだったり、本格的なパースだったり、頭に思い浮かんだものをそのまま紙に写す、メモ書きだったりした。

「立地は都心のビルのテナントか、郊外の戸建てか。——そうだ、彼はアウトドア派だと言っていたから、庭を広く造成できるリゾート地が合うかもしれない」

庭と一口に言っても、自然の風景をそのまま生かしたものから、土を入れ替えるところから始める手の込んだものまで、様々な種類がある。怜司は試しに、花で溢れたイングリッシュガーデンを描いて、スケッチブックの次のページをめくった。

「店舗本体の外観は、定番のログハウス、それから、フルハイウィンドウで囲ったサンルーム、漆喰《しっくい》の落ち着いた雰囲気もおもしろい。テラス部分を開放して、ペット同伴可のオープンカフェにするのもいいな」

怜司の呟《つぶや》きと、さらさらと鉛筆が紙を擦る音だけが、静かなオフィスに響く。直哉の夢を形にする作業に、怜司は時間を忘れて没頭した。

前庭、裏庭、カフェ本体の建物、建物内部、それらを別々に描いたスケッチを、一枚ずつスキャナーに取り込んで、パソコンのモニター上に表示させる。それぞれの縮尺を調整して重ね合わせ、カフェの全体図を作り出した怜司は、キーボードを叩いて適当な仕様や数値を入力した。

「構造は木造平屋建て、延べ床面積二十坪、テラス部分八坪、勾配天井スロープシーリング。カフェの名前は、仮に『Ｃａｆｅ Ｎａｏ』としておこう」

建築ソフトのＣＡＤが作動し、手描きのスケッチだったカフェが、設計図のＣＧパースへと生まれ変わる。モニターを見つめて、おお、と怜司は感嘆の声を上げた。

「結構サマになってるじゃないか——」

直哉に頼まれた訳でもない、仕事にもならない、単なる自己満足。でも、眼鏡の下の怜司の瞳は、輝いていた。

(楽しいな。ＣＡＤの使い方を覚えたばかりの、学生の頃、よくこういうことをして遊んだ)

クライアントが課す厳しい注文や、施工業者が見積もる工事代金を気にしなくていい、純粋に自分が設計したいものを描く快感を、怜司は何年も忘れていた。

(懐かしい感覚……。君の夢のカフェは、俺に大事なことを思い出させてくれる)

まだ設計士の資格さえ持っていない、父親になって家庭を持つことも予想していなかった、何者でもない学生の頃。設計が好きで、自分の描いたものを建物にすることばかり夢見ていた。直哉のそばにいる時、何故だか心地よく感じていたのは、彼と過ごしている時だけ、怜司が設計士でも父親でもない、肩書のないただの怜司でいられたからに違いない。

（俺は君に、気付かないうちに、癒されていたんだな。そんなことも分からないで、俺は、君を殴ってしまったんだ）

ごめん、と呟きかけて、怜司はぐっと口を噤《つぐ》んだ。謝っても、自分のしたことは取り返しがつかない。今更彼に許してほしいなんて、図々しい話だ。

（――こんなことをしても、きっと詫びにはならないだろうけど、俺にできる、精一杯のことだから）

怜司はモニターを見ながら、キーボードの上の手を無心に動かした。

設計図を構成する平面図、屋根伏図、立面図などのデータを使って、建築模型の型紙を作っていく。普段の仕事なら、相応の日数が必要な作業を、怜司はデスクに齧《かじ》りついて、この日一日でやり遂げた。

プリントアウトした型紙を、オフィスの作業台に広げ、スチレンペーパーにスプレー糊で貼り付ける。小さなパーツを一つ一つ、丁寧にカッターで切り離して、怜司はそれを組み立てて始めた。

昔から細かい作業が好きで、子供の頃はプラモデルばかり作っていた。趣味のプラモデルが、風景まで手作りするジオラマになり、大学に通い始めてからは、ジオラマが建築模型へと変わった。

カッターとピンセットとボンドで作る、おもちゃのようなミニサイズのカフェ。テーブルや椅子を、庭が見えるように配置して、テラス部分には庇《ひさし》をつける。キッチンの動線に余裕を持たせた設計は、そこで立ち働くカフェのオーナー——直哉のことを考えた造りだ。

「君が思い切りフライパンを振れるように、調理台はキッチンの中央、アイランド型にしよう。ガス台の前に立つと、お客さんのいるフロア席を見渡せる」

掌のサイズよりも、ずっと小さなガス台を組み立てながら、怜司は直哉に語りかけた。いつか彼が夢を叶えて、本物のカフェのオーナーになれる日がくるといい。

「そうだ、君が飲ませてくれたサングリア。あのサングリアも、メニューに入れたらどうかな。とても——とても、おいしかった」

小さなメニューボードに、面相筆でサングリアと書き込んで、エントランスに立ててみる。そして、欠かしてはいけない『Ｃａｆｅ Ｎａｏ』の看板も。道行く人がふらりと立ち寄れるような、カフェにはそんな親しみやすい雰囲気が理想的だ。

模型作りに熱中しているうちに、怜司は時間の感覚がなくなってしまった。今が昼なのか夜なのか、壁の時計の長針が何度回ったのか、少しも目に入らない。

自分が奏でる作業音しかしない、一人きりの閉ざされたオフィス。ずっと手を動かしていたはずが、ふと気が付くと、怜司はスチレンペーパーの切れ端に埋もれて、眠りこけていた。

「ん……？　朝、なのか……？」

額の方までずれていた眼鏡を外して、腫れぼったい瞼を擦る。心なしか、オフィスの中が明るい。怜司がぼんやりしていると、どこかからコーヒーのとてもいい香りがした。

「お父さん。起きた？」

くん、と鼻先を向けた先に、エプロン姿の結花が立っている。怜司は眠気がひといきに覚めて、頬にスチレンペーパーをくっつけたまま体を起こした。

「結花……っ」

「もうお昼を回ってるよ。ご飯、作ったの。食べるでしょ」

「う…、うん。ありがとう。でも、どうして？」

「――オフィスに籠《こも》ったきりりで、お父さん、二日も部屋に戻らないんだもん。お腹空いてると思って」

「二日も？　全然気付かなかった。結花、大学へ行かなくていいのか？」

「もう…っ、今日は日曜日よ。しっかりして、お父さん。絶交してても、心配しちゃうよ」

喧嘩をしていた結花が、自分から歩み寄ってくれた。怜司は眼鏡をかけ直し、こほん、と咳払《せきばら》いをして、姿勢を正した。

「絶交、まだ続けるかい？　しょげている父さんは、結花と仲直りがしたいな」

「うん…。私も、お父さんにきつく言ったこと、反省してる。仲直りのご飯、はいどうぞ」

結花に笑顔を向けられた途端に、ぐう、と怜司のお腹が鳴る。応接セットのテーブルを手早く拭いて、結花は怜司の前に、昼食のトレーを置いた。

「この間結花が作ってくれた、スペイン風のオムレツだ」

「うん。お父さんの、リクエストだったから。前より上手にできたと思うんだけど……」

「いい匂いがする。いただきます」

空きっ腹に、トマト入りの優しいオムレツの味が染みていく。スクランブルエッグのようだった前回よりも、結花の腕前はだいぶ上達していた。

「お父さん、作業台にある模型、カフェだよね。すごくかわいい」

「ありがとう。久しぶりに夢中で作ったよ」

「私、時々こっちに来て、お父さんの様子をこっそり覗《のぞ》いてたの。そうしたら、小学生の頃のことを思い出しちゃった」

「小学生の頃?」

「うん。三年生だったかな。夏休みの工作の宿題、お父さんが手伝ってくれたよね。お父さん、本気出しちゃって、私のことそっちのけですごいジオラマを作って、夏休み明けに私、担任の先生に叱られたの。『自分の力で全部作りなさい』って」

「そうだったっけ——?」

「そうだよ。その頃は、お父さんは夏休みや冬休みに、お母さんの田舎に帰った時に会う、大学生のお兄さんだった。お母さんが仕事で東京にトンボ帰りしても、お父さんは、お休みの間じゅう私と遊んでくれたよね」

「結花のお母さんは、忙しい人だったからね。本当は、父さんといても寂しかっただろう?」

「ううん。私、お母さんよりも、お父さんに遊んでもらった思い出の方が多いから。模型を一生懸命に作ってるお父さんを見て、昔とちっとも変わらないなって思った」

「……結花……」

「叱られるかもしれないけど、『怜司お兄ちゃん』がオフィスにいる、って、思っちゃった」

「その呼び方は、もうしちゃ駄目だって、ずっと前に父さんと約束しただろう?」

結花が中学に上がる前、結婚を機に、怜司はお兄ちゃんからお父さんになった。初めて父親として結花の頭を撫でた時の、髪の柔らかさと、掌に感じた温《ぬく》もりは忘れない。

「うん。——ごめんなさい。でも、懐かしかったの。私の工作を手伝ってくれた時も、お父さん徹夜してた。あのカフェの模型、お仕事で使うの?」

「あ…、いや、あれは、……父さんの、個人的な用事だよ」

「そうなんだ。模型を作っている間、すごく楽しそうだったよ。お父さんの大切なカフェなんだね」

大切な、カフェ。結花が何気なく言った言葉が、怜司の耳に鮮明に響いた。

「食器は私が洗っておくから、お風呂に入ってさっぱりしてきたら? 少し横になって休んだ方がいいよ」

「う、うん。そうだね。ごちそうさま。おいしかったよ」

結花に追い立てられるように、オフィスから自宅のバスルームへと移動する。熱いシャワーを頭から浴びても、結花の言葉が耳の奥に響いて離れない。

(大切だなんて……。あのカフェは、直哉くんの夢だ。別に、俺の夢じゃない)

それなのに、時間の感覚もなくなるほど、頼まれもしない模型に熱中していたのは何故だろう。

(あの模型を作っている間、直哉くんのことしか、考えていなかった。二日間も、喧嘩した結花を放って、俺はいったい、何をしていたんだ)

父親になった時から、怜司は結花が一番大切で、愛娘のことを一時も忘れたことはなかったのに。でも、カフェの模型を作っている間は、結花のことが頭から消えていた。

(俺に、結花以上に大切なものなんて、ある訳がない……っ)

そう否定しようとしても、自分の心の中はごまかせない。ほんの一瞬でも、結花の存在を忘れさせるものが、怜司にはできた。できて、しまった。

(気が付いたら、俺の中は、彼のことでいっぱいになっている)

ははっ、と笑い飛ばそうとした唇が震えている。シャワーのせいじゃない、自分の体の奥から湧いてくる熱で、かっかと火照ったように頬が熱い。

「そんな、馬鹿な」

この熱の意味を、考えるのが怖い。行き着いてはいけない答えが、考えた先に待っていそうで怖い。

(変だ。こんなの)

茹《う だ》ったように、頬や耳を真っ赤にして、怜司はバスルームを出た。髪を拭くのもそこそこに、早く父親の自分を取り戻そうと、結花を探してリビングへ向かう。

「結花、いないのかい?」

買い物にでも出掛けたのか、リビングにもキッチンにも、結花の姿はなかった。自宅とオフィスを繋ぐ通路を歩いて、ドアの向こうをそっと覗いてみる。

作業台のそばに人影を見付けて、怜司は声をかけようとした。でも、そこでカフェの模型を眺めていたのは、結花ではなかった。

(直哉くん――)

予想もしない出来事に、怜司はドアのノブを握ったまま、体が動かなくなった。

(どうして、彼が、ここにいるんだ)

瞳を見開いて、幻を疑う。でも、作業台の傍らにいるのは、本当に直哉だった。

彼は模型に顔を近付けて、興味深そうにあちこちを見つめている。殴った罪滅ぼしのための、直哉の夢のカフェ。作りかけのそれは、後は庭先の木々の緑と、玄関アプローチの石畳を塗装すれば完成だ。

「…っ……」

どうしてだろう。直哉のことを見ていると、胸がどきどきする。こんなこと、今まではなかった。体の深いところを締め付けられるような、説明のできない感情が怜司を包む。

髪からシャワーの名残の雫が垂れて、つう、と怜司の頬を濡らした。雫の冷たさで、逆に頬の熱さが分かった。赤く染まったまま、熱の引かないそこ。まただ。また、今この瞬間も、怜司は結花のことを忘れていた。

「――怜司さん？」

「あ……っ」

不意に名前を呼ばれて、怜司は狼狽えた。こっそり盗み見ていたつもりだったのに、直哉に見付かってしまった。

「勝手にオフィスに入って、すみません。入り口の鍵が開いていて…。先に怜司さんの携帯電話に連絡したんですけど、出てもらえなかったので」

「あ、いや、シャワー、浴びていたから。気付かなかっただけだよ」

二日前から、デスクに置きっ放しの携帯電話が、ちかちかと点滅して着信があったことを告げている。怜司は悪さをした後の子供のように、直哉の顔をまともに見ることができずに、ドアのそばで縮こまった。

「結花に用なら、今はいない。――この間のことは、こっちも悪かったと思ってる。治療代が必要なら、文書で請求してくれ。今日はこれで、帰って」

「帰りません。俺は怜司さんに会いに来たんです」

「俺は、君に会う気も、話す気もないから。じゃあ」

ドアの奥の自宅部分へ逃げようとすると、駆け寄ってきた直哉に先に腕を掴まれて、怜司はオフィスの方へ引っ張り出された。彼の手の力はとても強くて、服の上からでも骨が軋みそうだった。

「直哉くん、離しなさい、腕が痛い…っ」

「怜司さんが逃げないなら離してあげます。殴られた俺の頬も、結構痛かったですよ」

「な…っ、君はずるいぞ――」

直哉にそんな風に言われると、抵抗できない。怜司はずるずると引っ張られて、作業台の前まで連れてこられた。

「ずるいのはどっちですか。怜司さんが、あんなにキレやすい人だとは思いませんでした」

「じ、自分の娘がラブホテルに連れ込まれそうになっていたら、父親なら誰だって相手の男を叩きのめすさ」

「連れ込んでいません。――やっぱり怜司さんは誤解してる。俺は結花ちゃんに、疚《やま》しいことなんて絶対にしません」

「嘘だ。二人で、恋人みたいに腕を組んでいたじゃないか。あんなに密着して……、いったい君は何を考えているんだ。娘を傷物にしたら許さないぞ」

「そんな言われ方をして、俺はショックです。結花ちゃんにも失礼だ」

「失礼なのは君だ！　君は結花だけでなく、父親の俺にまで手を出した、最低な男なんだからなっ」

「怜司さん……。あなたは最低な男のために、オフィスに二日も引き籠って、模型を作っていたんですか？」

え、と怜司は息を詰めた。どうして彼が、引き籠っていたことを知っているんだろう。腕を摑んだままだった手を離して、直哉がじっと、呆《ほう》けた怜司の顔を覗き込んでくる。

「結花ちゃんから、メールをもらいました。怜司さんが、食事も忘れて模型を作っていたって。送られてきた模型の画像を見て、驚きました。俺が思い描いていた理想のカフェ、そのものだったから」

怜司は瞳を丸くして、直哉と、作業台の上の模型を、交互に見た。

「理想の、カフェ……？」

「はい。このカフェ、俺のですよね。俺が前に、怜司さんに打ち明けた、夢の話。あの話を覚えていてくれたんですね」

嬉しくたまらない、と、そんな顔をしている直哉に、怜司は素直になれなかった。耳の先までひといきに赤くして、ぶんぶん首を振る。

「違う――」

シャワーを浴びたばかりの体から、汗が噴き出してきた。

恥ずかしい。照れくさい。消えてなくなりたい。たくさんの感情が怜司に押し寄せてきて、頭の中がぐちゃぐちゃになる。

「違わない。この模型は俺のカフェです」

「な…っ、何を言ってるんだ。これは仕事で使う模型だ。コンペの規定で作っただけだ。君のカフェなんかじゃないっ」

「だってこの看板、『Cafe Nao』って。これ、俺の名ですよね?」

「そ、そ、そんな訳ないだろ。単なる偶然だっ。ナオキでもナオトでもナオミでも、みんな『Nao』だ」

「怜司さん。メニューボードに、小さくサングリアって書いてあるじゃないですか。怜司さんが気に入っていた、河川敷で飲んだあれです。ごまかしたって無駄ですよ」

「うう……っ」

怜司は何も言い返せなくなって、赤かった顔を、ますます赤くした。

「かわいいな。怜司さん。耳まで真っ赤だ」

「うるさいっ、――うるさい。もう帰ってくれ。この模型は捨てる。今すぐ燃やしてやる」

「いけません。まだ庭やアプローチが未完成じゃないですか。完成した模型を見たいな」

直哉はそう言いながら、長い指でカフェの看板を撫でた。まるで自分の頰を撫でられたように、怜司の肌が、びくん、と震える。

「こんなもの、作るんじゃなかった」

「怜司さん」

「……俺は、おかしくなってしまったんだ。これを作っていると、君のことばかり、頭に浮かんでくる。俺には、結花のことや、仕事のことや、大事なものがあるのに。それを忘れて、君のことばかり考えるなんて、いけないことだ」

「俺が一番じゃ、駄目なんですか？」

「駄目だ……っ。俺は父親だ。この事務所を切り盛りしてる、設計士だ。それ以外の俺は必要ない。俺の顔は二つで十分なんだ」

「でも、三つ目の顔を、怜司さんはもう持っているでしょう？」

直哉の右手が、怜司の頰にそっと触れて、赤くなってばかりのそこを包み込む。触るな、と咄嗟に声に出せなくて、唇が戦慄《わなな》いた。こんなにも自分は繊細で、臆病で、脆《もろ》い人間だっただろうか。赤く色付いた怜司の唇を、直哉の親指の腹があやすように撫でていく。

「この顔です。俺と二人きりでいる時の、怜司さんの顔。甘えたり、子供っぽかったり、今みたいに泣き出しそうになっている、怜司さんの本当の顔だ。もっとよく見せて」

「嫌だ……っ。君のせいだ。君が、俺を変えてしまった。こんな顔、いらない」

「俺には必要です。ずっとこうして、見つめていたい。あなたをもっと振り回して、俺に夢中にさせたい。好きです、怜司さん」

「直哉くん……っ……」

直哉の告白が、怜司の唇の震えを大きくする。極まったように、瞳から溢れてくる涙を、怜司は止められなかった。

彼に出会ってから、今の今まで、認めたくなかった。でももう、無理だ。自分の心を偽ることができない。

直哉に好きだと言われて、嬉しい。もっと言ってほしいとねだっている、三人目の自分がここにいることを、知ってしまったから。

「君は、いつでも俺を、丸裸にする。父親でも設計士でもない俺は、こんな、涙なんか見せて、格好もつけられない」

頭の中が、直哉一色だ。

怜司の全てが、直哉を感じるためだけの器官になってしまった。

「三人目の俺は、ずっと君に、夢中だったんだ。気付かなかっただけで。俺は、君のことばっかり」

「——たまらないです——」

ぐす、と洟《はな》を啜《すす》る怜司を、直哉は大きく吐息をつきながら抱き寄せた。

何度も怜司を甘えさせた腕。涙の染み込んでいく広い胸。これ以上心地いい場所を、怜司は知らない。

「格好なんか、つけなくてもいい。怜司さんは、恋をしているんだから」

「直哉、くん」

「もう認めてください、怜司さん。他のことは何も考えなくていい。俺のことが、好きだって言って」

「君の……、この腕は、嫌いじゃない」

「腕だけ？　そんなはずないでしょう」

最初は、直哉の料理の腕に目を瞠った。次は、力強く抱き締めてくれた、彼の両腕に魅かれた。

その腕がかけがえのないものだと気付いた時、自分はもう、直哉に恋をしていたんだろう。

「素直に言ってください。俺は、待てができない男なんですから」

「ううん。君は、臆病な俺を、ちゃんと待っていてくれた。君が、君が、好きだ――」

怜司の唇から零れ出たのは、嘘のない気持ちだった。純度の高いそれを、ほんの僅《わず》かでも失いたくないというように、直哉の唇がキスで蓋をする。

「ん……っ」

重ね合った唇の熱に、二人分の想いが溶けていた。ここがオフィスであることも忘れて、怜司は直哉の体に両手を回し、服を握り締める。皺《しわ》くちゃになっていく布地の分だけ、キスが切なくて、怜司はもっと直哉に触れたくなった。

「ん、う……っ、直哉くん――」

直哉の大きな掌が、怜司の襟足の髪を掴み、キスの角度を深くする。オフィスの風景も、窓の外の明るい陽射《ひざ》しも、怜司は何もかも忘れた。直哉の唇と、どきんどきんと鳴り響く自分の鼓動。たったそれだけで完結する小さな世界は、怜司がこれまで生きてきた世界を凌《りょう》駕《が》するほど、甘くて満ち足りていた。

（君と、二人、きり）

このまま、キスを求め合いながら時間を止めたい。怜司がただの怜司でいられる世界に、それを教えてくれた直哉と、二人きりでいたい。

「え……っ？」

――ガシャーン。二人きりの世界は、誰かの短い呟きと、オフィスの床に落下した、洋菓子店の箱の音で終わりを告げた。

「っ！」

キスを解いた怜司と直哉を、入り口のドアの前で、結花が見つめている。驚愕《きょうがく》の表情のまま固まった結花の足元に、怜司の好物のプリンと、粉々に砕けたガラスの器が散乱していた。

「何……?」

「ゆっ、結花……!」

「お父さん、と、直哉さん」

「結花、これは、あの……っ」

「――ごめんなさい。私――」

結花は震える口元を手で隠すと、数歩後ずさって、ドアの向こうへと駆け出した。長い髪が揺れる背中に、悲鳴のような怜司の声が追い縋《すが》る。

「結花!」

絶対に見られてはいけないキスを、見られた。直哉に抱き締められて、蕩けていた怜司の体が、冷たい汗に覆われていく。二人きりの世界は、秘密であることが条件だったのに。

「ど…っ、どうしよう、直哉くん。あの子が――、俺…っ」

「落ち着いて。とにかく結花ちゃんを追いましょう。このまま放ってはおけない」

「う、うん――」

怜司は直哉に手を引かれて、オフィスを出た。青褪《あおざ》めた顔をして、住宅街の通りを見回しても、結花の姿はどこにもない。

「まだ遠くには行ってないはずです。俺は駅方面を探しますから、怜司さんはこの周辺をあ

たってください」

「分かった…っ。見付けたら、すぐに連絡をして。俺が駆け付けるまで、君は何も言わないでくれ」

「怜司さん」

「あの子には、俺から説明する。さっきのことを、結花に分かってもらえるように、俺がちゃんと言う」

どうして直哉とキスをしたのか。どうして彼でなければいけなかったのか。今までのことを全部打ち明けて、結花に謝らなければいけない。

「俺は父親なんだ、直哉くん。俺だけは、あの子を傷付けてはいけない。あの子にとって、一番裏切ってはいけない家族なんだ」

これは罰だ。結花の直哉への想いを確かめられないまま、彼と後ろめたい行為を重ねていた、ひどい父親に科された罰だ。

「――はい。結花ちゃんに分かってもらえなかったら、俺も一緒に嫌われます。探しましょう、怜司さん」

「うん……っ」

直哉と二手に分かれて、怜司は自宅の周辺で結花が立ち寄る先を、探して回った。

結花が床に落としたプリンは、普段からよく親子で利用する、近所の洋菓子店のものだった。怜司と一緒に食べようと、シャワーを浴びている間に、結花が買いに行っていたんだろう。その帰り際に、結花はキスを目撃してしまったのだ。

（やっと結花と、仲直りができたところだったのに）

直哉との秘密がもし、秘密のまま続いたとしても、結花を傷付けることには変わりない。もう二度と仲直りができないかもしれない。体の半分を切り取られるような思いで、怜司は街を駆けた。

「結花…っ、どこにいるんだ。父さんに、話をさせてくれ」

汗だくで交差点を渡り、直哉が向かった駅とは反対の方角にある、商店街へ足を延ばす。懇意にしている八百屋や、総菜屋に確かめても、結花は立ち寄っていないようだった。

「結花——」

あてもなく探しているうちに、時間だけが刻々と過ぎていく。こんな時に限って、西へ傾いた太陽は雲に隠れてしまい、急に冷えてきた風が怜司の首元を擦り抜けた。

風がよく通ると思ったら、怜司はいつの間にか、河川敷の公園の近くまで来ていた。結花の高校への通学路でもあった土手の道に出て、はあはあと息を切らしながら、走れなくなった足で歩く。

前にこの土手に来た時は、ススキの穂でいっぱいだった。枯草ばかりの寂しい風景を見て、怜司は不意に立ち止まった。公園の中の、屋根のついたベンチに、髪の長い女の子が座っている。

「いた……っ、結花」

焦った手でスラックスのポケットを探り、怜司は携帯電話を掴み出した。数回のコールで直哉に繋がる。

「直哉くん、結花を見付けた。前に君と会った河川敷の公園にいる」

『分かりました。すぐにそっちへ向かいます』

通話の切れた電話をポケットに戻して、怜司は土手のコンクリートの階段を駆け下りた。滔々《とうとう》と流れる川を見つめている、結花の背後へ近付いていく。

「結花。よかった。ここにいたのか」

驚かさないように、そっと声をかけたつもりだった。反射的に体を震わせた結花は、後ろを振り返らないまま、顔を俯《うつむ》けていく。

怜司は結花の前に回って、ベンチの足元に片膝をついた。小さな子供に目線を合わせる時のように、スカートの膝の上で手を組んでいる結花を、静かな眼差《まなざ》しで見つめる。

「結花。父さんの方を見て。怒っていいから、結花が言いたいことを、全部言いなさい」

「――――」

「父さん、全部聞く。罵倒でも、文句でも、全部受け止める。黙るのはやめて、父さんと、話をしよう」

「おとう、さん」

は、と怜司は息をついた。結花はまだ自分のことを、父親だと呼んでくれる。それだけで勇気が湧いた。

「……さっきは、ごめんなさい。びっくりしちゃったの。お父さんが、男の人と…っ。プリン、駄目にしちゃった」

両手をぎゅっと握り締めて、一生懸命に、結花が落ち着こうとしているのが分かる。怜司は躊躇いながら、結花のその手に、自分の手を置いた。

「結花」

びくん、と跳ねた愛娘の肩が切ない。結花の見たキスは、消せない事実だ。結花に嫌われる覚悟をして、怜司は唾を飲み込んだ。

「結花が見たことを、否定しない。驚かせてすまなかった」

「お父さん、どうして、直哉さんと。私が、知らないところで、あんなこと、してたの…？」

「――うん」

「嘘……っ」

怜司の手の下で、結花の手が汗ばんでいた。壊れる寸前の親子の絆を、必死に守ろうとしながら、怜司は言葉を続けた。

「結花に内緒で、彼とは、食事をしたり、マンションに行ったりして、二人で会っていた。

最初は友人のつもりで——。でも、だんだんそうではなくなっていった。彼は、仕事でヘマをした父さんを、親身になって励ましてくれたんだ。つらい時に、そばにいて、支えてくれた。父さんより年下なのに、優しくて、強い。彼に惹かれていくのを、止めることはできなかった」

「お父さんが言わなくても、直哉さんが素敵な人だって、私、知ってる」

「うん。結花の方が、先に直哉くんと出会ったんだものな。彼のいいところは、父さんより、たくさん知っているはずだ」

こく、と頷いた結花が、赤い瞳をして、怜司の方を見た。咎《とが》めている視線じゃない。兎のように心細そうな、涙を溜めたいたいけな瞳だった。

「結花が前に、父さんに、恋人ができたのかって聞いただろう?」

「——うん。お父さん、すごく、変だったから」

「あの時、父さんはまだ、自分の気持ちが分かっていなかった。でも、頭の中に浮かんでいたのは、直哉くんのことだったんだ」

「そんなの、もう答えが出てるじゃない……っ」

「ごめん。男の人に、惹かれるなんて、簡単には認められなくて。みっともなく逃げ回って、悩んで、結花にたくさん、秘密を作った」

「お父さん——」

「人を好きになるって、こんなに、ままならないものなんだね。ずっと結花に、後ろめたくて、罪悪感を抱えて、それでも、どうしても直哉くんのことが、頭から消えないんだ」

結花の瞳から、ぽろ、と涙が零《こぼ》れ落ちる。誰よりもいとおしい娘を泣かせても、自分の心を騙すことができなくなった父親を、どうか許してほしい。

「好きという言葉を、やっとさっき、彼に言えたばかりだ。父さんは、結花と家族になった時から、幸せで満たされている。恋なんてもう、しないと思っていたよ」

結花の泣き顔の向こうに、タクシーを降りて土手の階段を走ってくる、直哉の姿が見える。足音でそれが分かったのか、結花は組んでいた手を離して、涙で濡れていた頬を拭いた。

「結花ちゃん……っ」

怜司と同じように、直哉は息を切らして、ベンチへと駆け寄った。彼が差し出したハンカチを、結花は受け取ろうとしない。

「平気。もう、直哉さんに甘えない」

「――結花ちゃん」

「結花」

「私、お父さんに、確かめたいことがあるの」

どくん、と怜司の左胸が、重たく脈打った。

娘を傷付けた父親に、ついに裁きが下される。たとえそれがどんなに重たく、厳しいものであっても、絶対に受け止める。怜司は芝生に片膝をついたまま、結花のまっすぐな瞳を見つめ返した。

「何だい、結花。何でも答えるよ」

「……お父さんがこの間、直哉さんを殴った時、お父さん、私に言ったよね。『この男に近付くな』って。あれは、直哉さんのことが、好きだから？」

「え……」

「直哉さんのことを、私に、盗られたと思ったの？　だから、あんなに、怒ったの？」

「違う。結花」

「教えて。お父さんは、私に焼きもちを焼いたの――？」

怜司は首を振って、もう一度結花の手を握り締めた。

「あの時、父さんは結花を守ろうとしたんだ。直哉くんが、結花を弄ぼうとしてるんじゃないかって、疑って、かっとなって殴った。悪い男を、娘に近寄らせてたまるかって」

「お父さん。直哉さんは悪くなんか」

「娘と腕を組んで歩く男は、父親には、みんな悪い男だよ。結花、これは父さんの個人的な気持ちとは、まったく別のところにあるんだ。あの時父さんは、結花を守ることしか考えていなかった」

「本当……？」

「本当だよ。結花は父さんの宝物だ。父さんが誰のことを好きになっても、これだけは変わらない」

結花と直哉を、同じ天秤《てんびん》には載せられない。片方を取って、片方を手放すなんて、絶対にできない。だから怜司には、同じ大きさの天秤がもう一つ必要なのだ。

父親の天秤と、高遠怜司という、一人の男の天秤。大切なものの数だけ増えていく天秤を、ひたむきに守っていくことが、怜司の行き着いた答えだった。

「――お父さんの気持ち、聞かせてくれてありがとう」

「結花」

「結花ちゃん、君のお父さんは、誰よりも君のことを大切にしているんだ。本気で殴られた俺には、それがよく分かる。君を守るためなら、お父さんはどこへだって駆け付ける。こんなに素敵なお父さんは、他にいないよ」

直哉の言葉が、怜司の胸をとくんと揺らして、内側から温めていく。いつの間にか、怜司を支える存在になっていた直哉を、結花は瞳を細めて見上げた。

「お父さんのことを、褒めてくれてありがとう、直哉さん。お父さんが、私のお父さんで、よかった」

まだ少し、涙の痕《あと》が残る頬を綻《ほころ》ばせて、結花は微笑んだ。怜司が父親になってから見た、どの結花よりもかわいい顔で。

「今日は、びっくりして泣いちゃって、ごめんなさい。まだちょっと、混乱してるけど、私、頭の中を整理するね。二人のことを、これから先、応援していけるように」

「結花、父さんを許してくれるのか……？」

「お父さんに、好きな人ができたら教えてって言ったの、私だし。男の人だとは思わなかったけど」

「結花ちゃん」

「直哉さんなら、きっと大丈夫。優しくて、誠実な人だから。お父さんのこと、絶対に大切にしてくれると思うの」

「でも……っ、結花は、直哉くんのことが好きなんだろう？　父さんは、結花の気持ちを踏躙《にじ》ってまで、恋なんか……」

「――え？　私が？　直哉さんのことを？」

「父さんに言ったじゃないか、大事な人だって。父さんは結花に直哉くんを紹介された時から、ずっとそうじゃないかって予感がしていたんだ」

「ちっ、違うよ、お父さん。あっ、ううん、直哉さんのことは、大事な人だし、大好きだけど、それは友達っていう意味で――」

「友達……？」

呆けたように瞳を丸くして、怜司は小首を傾《かし》げた。さっきから話が噛み合わない。困惑している怜司の前で、結花と直哉が顔を見合わせている。

「結花ちゃん、お父さんはやっぱり誤解してる。正直に打ち明けた方がいい。俺はただの、相談相手だって」

「直哉さん」

「どういう、ことなんだ。相談相手って、何のことだ？」

「結花ちゃんの、恋の相談です。そうだよね」

「うん…っ。お父さん、私、好きな人がいるの。お父さんも知ってるでしょ。料理教室の、初級クラスの蔵森先生」

「ええ……っ？」

結花が教室の先生を慕っていることは知っていた。たくさんのレシピ本を出して、テレビにも出演しているカリスマシェフだ。でも、まさかタレントのような先生を相手に、結花が本気の恋愛感情を抱いているなんて、怜司は思ったこともなかった。

「先生のことで、いつも直哉さんに相談に乗ってもらっていたの。お父さんが直哉さんを殴った日も、先生をデートに誘う方法を、二人で考えてて」

「恥ずかしがりの結花ちゃんに、さりげなく腕を組むやり方を教えたんです。そうしたら、後ろから鬼の形相のお父さんがやって来て、俺の頬を、ガツーン、と」

「……本当なのか……、それ……っ」

「俺は怜司さんに、嘘なんかつきません」

「そんな…っ、全部、俺の誤解だったなんて。俺は、結花に後ろめたいことばかりしている、ひどい父親だと思っていたのに」

安堵《あんど》と疲労感で、がくん、と体の力が抜けていく。結花のことを、裏切らずに済んだ。怜司が罪悪感を持つような三角関係は、どこにも存在しなかったのだ。

「ひどくなんかありません。俺を殴った怜司さんは、世界で一番かっこいいお父さんでした。一目惚れをした人に、結花の目の前で、俺は会うたびに何度も惚れているんです」

「直哉くん、結花の目の前で、あまりそういうことは……」

「もう秘密にする必要はないですから。——結花ちゃんの好きな人のことを、黙っていてすみませんでした」

「お父さん、直哉さんのこと、叱らないで。私が内緒にして、ってお願いしたの。お父さんに打ち明けるのは、恥ずかしかったから」

「結花。娘の大事な相談相手を、叱ったりしないよ」

「私、直哉さんにも片想いをしている人がいること、知ってた。両想いになれたらいいのにって、ずっと祈っていたの。直哉さんが大切にしたいって言ってたのは、お父さんのことだったんだね」

「うん。俺の相談相手になってくれて、ありがとう。結花ちゃん。やっと、両想いになれたよ」

直哉が照れくさそうに微笑むのを見て、怜司はその何倍も恥ずかしかった。

赤らんだ怜司の頬を、結花がからかって突っつく。信じられないほどの幸福に満たされて、怜司は瞼が熱くなった。

（また泣いてしまいそうだ。失えないものが、二つに増えた）

涙を見せたくない父親の怜司と、思い切り泣きたいもう一人の怜司が、泣き笑いの顔で混ざり合う。結花と直哉を、抱き締めたくてたまらなくて、怜司は二本の腕を、同時に伸ばした。

9

ドアチャイムを押す瞬間、こんなにどきどきと、心臓を鳴らしたことはない。夜のマンションの共有通路は、ひっそりと静かで、自分の鼓動が耳に届きそうだ。

怜司に大切なものが増えた、河川敷での出来事から一週間。ガチャリと目の前のドアが開き、怜司の訪れを待ち焦がれていた男が顔を出す。あんまりその顔が、子供のように正直だったから、どきん、とまた怜司の心臓が揺れた。

「いらっしゃい。怜司さん」

「――こんばんは。お邪魔します」

律儀な挨拶をする怜司を、直哉は笑みを浮かべながら、ドアの内側へと促す。固く鍵をかけて、怜司を外界から遮断するや否や、直哉は細い体を抱き寄せてきた。

「ちょっ……、苦しい――」

「怜司さんが待たせるから。駅まで迎えに行くって言ったのに」

「駅でこんなことをされたら困るだろう」

「俺にもいちおう、分別はありますよ。人前でキスはしません」

「当たり前だっ」

怜司の抗議を封じるように、直哉の唇が触れてくる。やっぱり彼は、待てのできない男なんだろう。性急に奪われたキスは、熱く、激しくて、怜司は手に持っていた荷物を落としそうになった。

「ん……っ、う、……んん……、待っ……」

「怜司さんが、俺の恋人になってくれた初めてのキスです。待てる訳ないでしょう」

長身の直哉に迫られ、どん、と音を立てて、怜司の背中がドアにぶつかる。前に交わしたキスよりも、今夜の方が、直哉の唇はがっついている。彼がずっとこうしたいのを我慢していたのかと思うと、靴も脱がせてもらえないことさえ、いとおしくなって、怜司は胸が痛くなった。

（君のことを、抱き返したいのに）

建築模型を収めた大きなバッグを持っている状態では、棒立ちになっていることしかできない。

完成したカフェの模型を、直哉にプレゼントしたい――。それが、怜司の考えた、このマンションに来るための口実だった。自宅で今夜、結花が大学の友達と女子会をしているのも、口実の一つだ。

ただ直哉に会いたいというだけで行動できるほど、三十二歳の男は大胆にはなれない。恋人という関係を怜司は歩み始めたばかりで、一つ二つ理由がなければ、直哉と約束も交わせないのだ。

「ん、ふ……っ、直哉くん……」

「怜司さん――」

模型を肴《さかな》に眺めながら、ワインでも飲もうと誘ってきたのは、直哉の方だった。彼の髪からはバターか何かのいい匂いがして、きっとリビングのテーブルには、彼が作った本物の肴が用意してあるだろう。

でも、模型もワインも肴も、濃密なキスが忘れさせてしまう。直哉に会う口実なんか、本当は何も必要なかったことを思い知らされてしまう。

「好きです。怜司さん」

「……うん……」

怜司さんは、と尋ねてくる声が、糖蜜のように甘い。彼と同じ想いだと気付く前は、自分でブロックをかけていた直哉の言葉が、今は耳の奥に深く入ってくる。怜司は模型の入ったバッグを床に下ろして、直哉の逞しい体に両腕を回した。

「嫌いならここには来ない」

「俺のことが好きでたまらない、という意味ですね。俺と同じだ」

「勝手に誇張しないでくれ――」

直哉のストレートな愛情表現に、頭がくらくらしてくる。足元までふらつきそうな怜司を、直哉は軽々と腕に抱き上げて、リビングにも通さず寝室へと連れていった。

「ワイン一杯くらいは、飲ませてもらえると、思ったんだけど」

「後でゆっくり乾杯しましょう、模型を飾るスペースを二人で考えながら」

「……飾ってくれるのか？」

「もちろん。大切にします。模型も、怜司さんも」

セミダブルのベッドが、男二人分の体重を受け止めて、ぎしりと軋む。背中のシーツを弛《たる》ませ、仰向《あおむ》けで人の顔を見る感覚に、言葉にできない劣情を覚える。どきん、どきん、と鳴り続けていた怜司の鼓動に、同じリズムで打ち鳴らされる、直哉の鼓動が重なった。

「んっ、……んん」

男に抱いた初めての恋情を、けして恐れなかった彼。唇で感じ合う震えに、直哉の一途な想いが溶けている。口腔の深いところまで貪られるキスは、激し過ぎて息苦しい。喘いだ胸元に直哉の指先が這い、ジャケットとシャツのボタンを器用に弾いていく。

「すごい……。指先にまで、どきどきしているのが伝わってきます」

「君だって、唇も指も、震えてる。本当はずっと、こうだったのか」

「はい。怜司さんに嫌われたくなくて、余裕のあるふりをしていました」

キスが解け、左胸を指で引っ掻かれて、怜司は息を詰めた。もう待ち切れないと態度で訴えている直哉に、小さな乳首を捏ねられる。大きくて男らしい手が、気持ちのいいところを探すように動いて、怜司は感覚を追うことだけでせいいっぱいだった。

「は…っ、あ……、う……っ」

自分の手を口元にやり、声を抑えようとしても、うまくいかない。直哉が怜司のもう片方の乳首を、唇で啄《ついば》んでいる。

「んっ、んんっ、あ……っ」

唇と指で、同時に愛撫をされると、まだ服を着けている腰や、下腹部の辺りが、かっと熱を帯びてきた。直哉に気持ちのいいことだけを教えられた体は、怜司が赤面するのもかまわず、愛撫の続きを求めている。

スラックスの前を膨らませ、窮屈だと訴え始めた、あられもない姿。早くベルトを外して、欲望を解放してほしいのに、直哉は怜司の乳首を甘嚙みしながら、上目遣いに囁く。

「俺を待たなくても、自分でベルトを外していいんですよ」

「……っ……」

欲望を見透かされて、怜司の頬の赤味が濃くなる。まるでその反応に煽られたように、直哉は熱い瞳で怜司を見つめて、もう一度囁いた。

「おねだりする怜司さんを見たいな」

「直哉くん――」

いったい何てことを言い出すんだろう。怜司が戸惑っていると、するん、とスラックスの膨らみを撫で上げられて、息が上がる。おねだりを強制された怜司は、涙目になってベルトに指をかけた。

「ぬ……、脱がせ、て、ほしい」

かちゃかちゃ、ベルトのバックルをいじっても、不器用ですぐには外れてくれない。繊細な建築模型を作る指先が、隠せない興奮で震えている。

「も……、きつい、早く――出させて」

「かわいいです、怜司さん」

おねだりのご褒美とでも言わんばかりに、直哉のキスが降ってくる。唇を深く重ねながら、役に立たない怜司の指の代わりに、直哉は荒っぽくバックルを外した。スラックスの前を寛げた途端、ぶるっ、と怜司のそこが頭をもたげ、下着をはしたなく濡らし始める。

「んんぅ……っ！」

恥ずかしさに耐えられずに、怜司は唇を無理矢理離した。濡れて汚した下着ごと、スラックスを引き下ろされた膝を閉ざして、声を上擦らせる。

「ああ……っ、嫌だ、こんな、の」

直哉が変に焦《じ》らすから、いっそう恥ずかしい姿を曝《さら》してしまった。堪え性のない自分の体が恨めしくて、怜司は両手で屹立を隠した。

「見ないでくれ。……スタンド、消して……っ」

「明かりを消したら、怜司さんが見えなくなる。こんなに濡らして、俺を誘ってくれているのに」

オレンジ色の明かりが浮き彫りにする、ベッドの上の怜司の痴態を、直哉が見下ろしている。どうしようもなく羞恥を煽《あお》られるのに、両手の下でずきずきと疼いている欲望は、けして小さくなってはくれない。

本音を隠したがる心より、体の方が雄弁だ。早く、早く直哉に愛撫をされたいと、赤く反り返った怜司の先端から、涙のように雫が垂れてくる。

「あぁ……っ……」

自分の手ごと、直哉に屹立を揉みしだかれて、怜司は思わず目を閉じた。瞼の裏にちかちかと星が散り、一瞬、意識が飛びそうになる。

「は……っ、あ……、んっ」

今までなら、このまま直哉に感じさせられて、一人でいって終わりだった。でも、もう一方的な愛撫では終われない。対等な恋人へ踏み出すために、怜司は直哉の手を、震える指で握り締めた。

「君、のも、触ってもいいか……?」

「怜司さん。俺も、一緒に気持ちよくなってもいいんですか」

「うん……。一人だけは、嫌なんだ。君も、服を、脱いで」

「――はい」

素直にそう答えて、直哉は自分のベルトを緩めた。直哉がジーンズを脱いでいる間に、怜司は彼のシャツの首元へと指を伸ばす。ボタンを一つずつ外し、肩からシャツを滑らせて、直哉の引き締まった上半身を露《あら》わにした。

男の体を、まじまじと目にするのは初めてかもしれない。彫刻のように見事な造形をした鎖骨と、筋肉に纏われた胸。平らなそこに掌を押し当てて、思いのほか熱い体温を確かめる。

「バスケを、してたって、言ってたな。羨ましい体だ……」

直哉の裸の胸に触れているうちに、怜司の中で、男としての本能が沸き立ってくる。直哉を抱き寄せ、自分の下に組み敷いて、怜司は彼の首筋に顔を埋めた。

「怜司さ……っ」

びくん、と敏感に脈打ったそこを、本能が命じるままに吸い上げる。怜司よりも長身で、逞しい男であるはずの直哉が、かわいらしく見える。シャツの襟に隠れる位置に、キスの痕を赤く残して、彼の鎖骨までのラインに舌先を這わせた。

「……あぁ……」

男の低く掠《かす》れた嬌声が、こんなにセクシーで、刺激的なものだとは知らなかった。くちゅり、と鎖骨の窪《くぼ》みを舌で抉《えぐ》ると、直哉は両手を伸ばして、怜司の背中に縋りついてくる。

「気持ち悪く、ないですか？　男に触るのは、平気――？」

不安げに尋ねてくる声が、いつもの直哉らしくない。彼は年下の男なのだ、と、怜司は改めて思った。

「……平気だ。考えていた以上に、興奮していて、驚いてる」

「よかった。それならもう、遠慮しませんから」

「え――？」

怜司に縋っていたはずの直哉の両手が、背中を撫で下り、細い腰を抱き込む。二人の間で隆々と育っていた屹立を、擦り合わせるようにしながら、直哉が下から腰を突き上げてきた。

「ああ……っ、何して……っ…、駄目だ……っ」

さっきのかわいい直哉はどこに行った。ぐちっ、くちゅっ、と彼が腰を揺らめかせるたびに、耳を覆いたくなるような水音が響き渡る。怜司は腰を掴まれたまま、逃れる術もなく、荒っぽいその愛撫の罠にかかった。

「は、あ…っ、あ、んっ、ん……っ！」

ベッドの軋みと同じリズムで、激しくなる息遣い。濡れた屹立の先端を、互いに押し当て、擦り上げて、抑えられなくなった欲望をぶつけ合う。

「怜司さん――怜司さん」

「や……っ、あぁあ…っ、あうぅ……、止めて、直哉くん、いく――、ああ……っ！」

直哉の腰が、いっそう高くせり上がったその時、怜司は弾けた。先端から噴き出したマグマのような滾《たぎ》りが、二人の腹を汚し、シーツの方にまで溢れて垂れていく。

「んく……っ、あ……、は、あ……っ」

がくん、と頽《くずお》れた怜司を、直哉の広い胸が受け止めた。達した余韻に、体じゅうが痺《しび》れて、呼吸もままならない。急《せ》かされた欲望は、放ってもまだ怜司を熱くして、芯を残したまま屹立を震わせている。

「たくさん、出しましたね」

腹と腹の隙間から、白く垂れていた蜜を、直哉が指で掬《すく》い取る。果てたのは自分一人だったことを、怜司は恥じて、彼の胸に顔を埋めながら呟いた。

「……君が、いきなり、するから。……詐欺だ。かわいいと思ったのに」

「光栄です。でも、怜司さんの方が、何倍もかわいいですよ」

直哉は男っぽい微笑みを浮かべながら、白い残滓を纏った指を、怜司の尻へと伸ばした。双丘の狭間《はざま》へとその指を忍ばせ、閉ざされていた小さな場所に触れてくる。

「……は…う……っ、やめ——」

「力を抜いて。ゆっくり、息を吐いてください」

「できないよ、そこは、むり」

「怜司さん。あなたと繋がりたい。ここに、俺を埋めて、怜司さんを俺のものにしたい」

「直哉くん——」

「もう、我慢できなくて、おかしくなりそうなんです」

直哉の腰が蠢《うごめ》いて、今にも弾けそうな屹立が、怜司の腹を擦る。密着しているせいで、彼のその大きさが、怜司にリアルに伝わってきた。

「ひ、あ……、どんどん、大きくなってる、ああ、あ……っ」

「怜司さん、怖がらないで」

ぐじゅ、と音を立てて、怜司の秘所に、直哉は指を挿し入れた。そんなところを、人に触れさせるなんてあり得ない。経験のない怖さと異物感に耐えられなくて、無意識に直哉にしがみ付く。

「……直哉…、くん……」

固く窄まっていた怜司のそこが、指を押し出そうとして蠕動《ぜんどう》する。でも、直哉はさらに深いところを目指して、怜司の粘膜の内側を拓いていった。

「んああ……っ、あ――」

指の関節に擦られた粘膜が、直哉の体温を吸って、だんだんと溶け崩れていく。怜司の意思とは無関係に、強張《こわば》りを解いて、指を柔らかく包み始める。

「怜司さん、そのまま、息をして」

「はっ、は…っ」

「上手です。――俺の指、分かりますか。怜司さんの中を、引っ掻いているの」

「ああ……っ！」

くん、と指先を動かされて、怜司は体をのけ反らせた。汗の浮かんだ弓なりの背中を、直哉のもう片方の手が、いたわるように撫でる。

「……ん…っ、う……っ、ふ、あ……っ、あっ」

根元まで埋まった指に、溶けた粘膜が熱く吸い付き、もっと奥へ飲み込もうとしている。瞬く間に変化していく体に、置き去りにされていた頭が、疑問符ばかり浮かべて怜司を惑わせた。

「変だ……、どうして、どうして……っ?」

直哉の指を、怜司の内側が離そうとしない。隘路《あいろ》をさらに狭めて、きゅうきゅうと淫《みだ》らに食い締めながら、尻だけを高く持ち上げる。

自分がどんなに恥ずかしい姿をしているか、分かっていても止められなかった。直哉の体の上で、指を抜き差しされながら、しゃくるように尻を振り立てる。指に擦られたところが気持ちいい。熱くてうずうずして、何度でもそうしてほしくなる。

「嬉しい。怜司さんが自分の方から、催促をしてる」

「ああ…っ、あっ、直哉くん、直哉くん…っ、俺は、どうしたら」

「ここ？　もっと――?」

「うん……、そこ…っ、熱いんだ。変になってる……っ」

「怜司さんは、ここがいいんですね。一番感じる場所、俺が見付けましたから。誰にも教えないで。俺とだけの、秘密です」

「君の他に、誰に教えるって言うんだ……っ。俺だって、知らずにいた方が、よかった」

もう後戻りできない。秘密のその場所を知る前の、元の自分には戻れない。

「俺は、男、なのに、君にされるの、気持ち、いい」

「怜司さん」

「こんな、俺は、君だけ……っ、君だけ、知っていてくれたらいい」

他の誰にも、こんな姿は見せたくない。奔放に動いていた指が、怜司の中から、くぷん、と引き抜かれていく。追い縋るように震えた粘膜は、熟れた果実のように柔らかい。

指の形を覚えた怜司の内側が、切なく戦慄いている。そうしたのは直哉だから、羞恥も快感に作り変えられて、自分の方から求めるように仕向けられても、彼のことを許せてしまう。

「直哉くん、最後まで、しよう」

直哉の指を失った隘路が、蕩けきった粘膜を持て余して、満たしてくれるものを欲しがっている。そのたった一つのものを得るために、怜司は直哉を霞む瞳で見下ろした。

「最後まで……いいんですか」

「うん…。俺のことを、君の好きなように」

――抱いてくれ、と告げようとした唇に、直哉の唇が封をする。火傷《やけど》をするかと思うほど熱い、キスの嵐に、怜司は揉みくちゃになって翻弄された。

「んんっ、んうぅ、ん……っ！」

唇も舌も、口腔の隅々まで、直哉に奪い取られて自分のものではなくなっていく。無我夢中でキスをしているうちに、いつの間にか怜司は体を入れ替えられ、シーツに背中を深く沈ませていた。

「んく……っ、はぁ…っ、はっ……」

「怜司さん。──夢みたいです。やっとあなたを独り占めできる」

眼鏡のない、ぼやけた怜司の視界の中で、両膝が抱え上げられていく。直哉と行き着くところまで行き着いたら、また世界は変わってしまうんだろうか。きっと、彼に一目惚れをしたと言われた瞬間から、怜司の世界は少しずつ変わり始めていたのかもしれない。

「直哉くん──」

大きく開いた脚の間に、直哉が腰を進めてくる。指で柔らかく馴らされたそこに、灼熱の塊を添えられて、怜司は息を飲み込んだ。

「好きです」

告げられた直哉の想いは、シンプルだからこそ、怜司の胸に深く響く。一途な想いを溶かし込むようにして、直哉は怜司をゆっくりと貫いた。

「あ……、あぁ……っ！」

押し開かれていく窄まりは、指とは比べものにならない痛みに悲鳴を上げた。でも、少しも怖くない。直哉の強く優しい両腕が、怜司の体を抱き締めていてくれる。

「直哉くん……っ、君と、一つに、なれそうか……？」

「はい。もっと深いところへ、行かせてください。一つになって、離れられなくなるように」

「うん――。ん……っ」

呼吸を途切れさせながら、怜司は直哉を抱き締め返した。粘膜を焼き切って埋められていく、彼の情熱の証。ほんの少し前まで、抱かれてもいいほど直哉を好きになるなんて、考えたこともなかった。

「……ああ…っ、君のせいだ。君が俺を、俺じゃなくした」

「怜司さん」

「君が、本当に、俺の中にいる……っ」

怜司は両目に涙を滲《にじ》ませて、最奥までひといきに貫いた直哉を、ただ感じた。

彼と繋がったそこから、どくん、どくん、と脈動が伝わってくる。そのたびに粘膜が震えて、痛みとは別の漣《さざなみ》が、波紋のように怜司の中に広がっていった。

「は……、あ、んぅ……！」

疼くような、もどかしいような、不可思議なこの感覚は何だろう。体の奥にこもった逃げ場のない熱を、吐き出したくてたまらない。

「動いても、いいですか……？」

「ん…っ、いい、よ。——あ…っ、ひぁ……っ」

じゅぐっ、と粘膜を擦り上げ、直哉が腰を突き入れる。怜司の奥を掻き混ぜては、焦らすように少し引き、そしてまた突いてくる。

小刻みだったその注挿が、腰と腰をぶつける激しいものに変わるまで、時間はさほど必要なかった。

「ああっ、直哉くん、んあっ、あっ！」

直哉が指で見付けた、怜司の秘密の場所を、硬い切っ先が突き崩す。何度も何度も、同じところを攻められて、怜司は理性を失った。

「……そこ…っ、いい、気持ちいい…っ、あぁあ……っ！」

乱れた声を上げながら、直哉の襟足の髪を掴み、彼の腰に脚を絡める。初めて抱かれたのに、身も世もなく感じる自分を、恥ずかしいと思うことさえ忘れ去ってしまった。

「直哉…くん、はあ…っ！　あ、ん…っ、いい——直哉くん……っ！」

激しい律動にがくがくと揺さぶられながら、怜司は真っ白になっていく意識の底まで、直哉に染められた。

彼のことしか、考えられない。彼に抱かれている時は、二人で一つに溶けて、果てること以外に何もいらない。

「怜司さん……！」

欲しいだけ快感をくれる直哉が、髪の先から汗を滴らせて、体奥で暴れている。ぐちゃぐちゃに濡れた互いの腹の間で、大きく屹ち上がっていた怜司の中心に、直哉は指を絡めた。

「ああ……っ……！」

律動と愛撫を同時にされたら、もうもたない。張り詰めた怜司の先端から、粘性を増した蜜が溢れてきて、直哉の指を汚している。怜司はシーツに髪を散らばらせ、赤い瞳で啜り泣きながら、許しを乞うた。

「もう、……もう、だめ、……もうできない……っ、いかせて――」

「怜司さん、俺も……っ、限界です」

「君も、いって、一緒、に」

「――はい」

「直哉くん……、好きだよ、君にだけだ、俺がおかしくなるのは、君だけ」

直哉の他に、誰のことも、くるおしく求めたりしない。潤んだ視界の向こうにいる、頬を上気させた直哉に、怜司はキスをした。

深く体を繋げて、舌と舌を絡ませ合って、二人でずっとこうしていたい。剝き出しの欲望を曝すセックスに、甘い永遠を望んだのは、初めてかもしれない。でもそれが、直哉の愛情に溺《おぼ》れた怜司の、正直な気持ちだった。

「ああ……っ！　直哉くん、…いく……っ、直哉くん――」

「怜司さん、俺の全部、受け止めてください」

熱い最奥を繰り返し突き上げる、恋人の律動に身を任せて、高みへと登り詰めていく。怒《ど》濤《とう》のように与えられる快楽に、怜司は我を忘れて、どくんっ、と弾けた。

「……あぁ……、あ……っ、は…ぁ……っ」

怜司の中で、ひときわ大きく震えた直哉が、同じだけの欲望を解き放つ。心臓にまで届くかと思うほど、奔流のように注ぎ込まれる彼の情熱に、怜司は啼いた。

両腕で抱き締めた直哉の体が、彼自身もどうにもならないほど震えている。怜司の耳孔を埋め尽くす、激しく乱れた彼の吐息。息と息の狭間で囁かれる声。たどたどしいその声は、怜司にはやっぱり、かわいらしく聞こえた。

「怜司さん、もっと欲しい。足りない」

尽きることのない直哉の想いに、怜司は、うん、と頷いて、もう一度キスを返した。足りないのは、怜司も同じ。再開された律動は、怜司をまた忘我へと導いて、直哉と恋人になった初めての夜を、蜜の時間に変えていった。

「寒い――。そろそろストーブを出した方がいいな。指先が冷えてる」

白くなった指に、はあっ、と息を吹きかけて、怜司は独り言を呟いた。外観にガラスを多く使った怜司のオフィスは、陽の高い時間帯はサンルームのようになって暖かい。でも、陽が陰ると途端に冷え込んでくるのが難点だ。

仕上げたばかりのＣＧパースを保存して、パソコンの電源を静かに落とす。駅前の商業ビルの所有者から依頼された、館内の全面リニューアルの仕事だ。一階から七階部分を吹き抜けにして、ファッションとグルメをテーマにした各フロアが、回廊のように繋がる設計になっている。

一時期激減していた仕事の依頼は、怜司の地道な営業活動や、得意先の協力のおかげで、ようやく持ち直してきていた。今回の商業ビルの仕事も人づてに紹介されたもので、とてもありがたく思っている。クライアントに完成イメージを分かりやすく伝えるために、建築模型も今後作る予定だ。

（新しいスチレンペーパーを注文しておかないと。この間カフェの模型を作った時に、切らしてしまった）

先日プレゼントをしたカフェの模型を、直哉はすっかり気に入って、彼のマンションのリビングに飾ってくれた。怜司はその模型を目にするたびに、照れくさい思いをさせられている。でも、直哉が喜ぶ顔を見るのは、とても嬉しくて、気分がいい。

「結局あの顔が見たくて、俺は直哉くんの部屋に通わされてしまうんだ」

ずるいなあ、と溜息とともに吐き出した声は、我ながら甘やかだった。今夜はこれから、直哉の部屋で夕食と飲み会の約束をしている。情熱的な年下の恋人は、本音は毎日でも会いたいと言って憚《はばか》らない。求められている心地よさを、怜司はまだ受け止めるだけで胸がいっぱいで、どきどきと鼓動が高鳴ってしまう。

オフィスの戸締りを終え、着替えをしに自宅部分のリビングへ向かうと、テーブルの上に結花のメモが置いてあった。

『蔵森先生とみんなでボウリングに行ってきます。冷蔵庫のプリン、お父さんにあげるね』

料理教室の先生に恋をした結花は、がんばって距離を縮めているらしい。父親として静観することに決めた怜司は、愛娘の恋を心の中で応援しながら、冷蔵庫の扉を開けた。

「結花……」

しょっちゅう買っている洋菓子店のプリンが、二つ、庫内に鎮座している。直哉と二人でどうぞ、という結花のメッセージを受け取って、怜司はもじもじと頭を掻いた。

プリンと財布と鍵と携帯電話、そして昼の間に作っておいた、酒の肴を詰めたタッパーをバッグに入れる。今日の肴は直哉のリクエストで、魚介類を多めにした。彼の小さな我が儘に、年上の怜司の心は絶妙にくすぐられている。銀行の昼休みの時間に、リクエストのメールをしてくるなんて。直哉のことを、かわいいと思う瞬間が増えていて、怖いくらいだった。

身支度をしてオフィスを出ると、住宅街のずっと上空に満月が出ている。きん、と冴えた秋の夜の空気は、のぼせがちな怜司の頭を、ちょうどよく冷やしてくれた。

駅に向かって歩いていると、バッグの中で急に携帯電話が震え出す。きっと直哉だと思い、怜司は液晶の表示も見ずに、電話を取り出して耳にあてた。

「もしもし。肴が待ち切れなくてかけてきたのか？　慌てなくてもそっちに向かってるよ」

『――高遠？　俺だよ、今泉』

「う、うわっ、今泉！　ご…っ、ごめん！」

思いもしなかった相手が電話の向こうにいて、怜司は慌てた。かあっ、と顔じゅうが赤くなって、口がうまく回らない。

「い、今のはナシ…っ。頼む。聞かなかったことにしてくれ」

『お前の手料理の肴は魅力的だけど、ちなみに何を作ったんだ？』

「鮪《まぐろ》のタルタルと、エビチリと、鯵《あじ》のピーナッツ衣揚げ」

『うまそうじゃないか。まあいい。高遠、お前にコンペ参加の打診だ』

「――え？　コンペって……、冗談だろう？　大富士建設とは、この間の再開発の一件で決裂したはずじゃ……」

『大富士主催のコンペじゃないんだ。高遠がうちを退職する前に、政府系の開発業者がお前を指名して、発注をしてきたことがあっただろう。産業都市開発機構。覚えてるか？』

「あ……、ああ、うん。覚えてるよ。あの時の発注は、結局他のゼネコンに流れたんだっけ」

『その産業都市開発機構に、俺の知人がいてな。お前とコンタクトを取りたいそうだ。計画中のランドマークビルの設計コンペに、お前を推薦するって』

「ええっ⁉　ほ——本当に？　本当なのか、その話」

『ああ。名刺を渡しておいたから、向こうの担当者から、近いうちに連絡があると思う。コンペの詳細はオフィスのパソコンに送っておくよ。チャンスをものにしろよ、高遠。お前ならいける。この間はお前の力になれなかったから、今度こそ、応援してるからな』

「絶対に参加させてもらうよ。ありがとう、今泉……っ」

興奮したまま電話を切って、怜司は思わず、夜空に向かってバンザイをした。

「やった——！」

大きなチャンスが、怜司のもとへ舞い込んで来た。開発業者から直々の推薦があれば、コンペに勝ち残れる確率が格段に高くなる。ランドマークビルは、言わば都市開発のシンボルだ。その設計に携われたら、設計士としてどんなに幸運か、計り知れない。

「きっと大富士や、そこらじゅうのゼネコンから、優秀な設計士がコンペに参加するんだろうな。武者震いがしそうだ」

それでも、対等に競える場所を与えられれば、怜司は燃える。

興奮がなかなか冷めなくて、怜司は早くこのことを、直哉に伝えたくなった。

「彼も喜んでくれるかな。指先が震えて、うまく操作できない」

握り締めたままだった電話に、おぼつかない指で触れて、直哉の番号を表示させる。彼にコールしようとしたその時、後ろから車のクラクションを鳴らされた。

歩道の脇へよけた怜司のそばで、白いセダンが停車する。運転席のウィンドウを開けて、ひょい、と顔を覗かせたのは、直哉だった。

「怜司さん。よかった、まだ家を出たばかりだったんですね」

「直哉くん！　どうしてここに……っ？」

「マンションで待っていられなくて、迎えに来たんです。乗ってください。このまま怜司さんを、誘拐していきますから」

誘拐、という表現がおかしくて、怜司は、くすっ、と笑った。その笑顔を見て、直哉がぽうっと頬を赤らめている。助手席のドアを開けると、シートの上に、買ったばかりと思われる冷たいシャンパンが何本も置いてあった。

「珍しいな、君がシャンパンを飲むのは。それもすごく高いやつ」

「ちょっとした祝杯です。怜司さんも嫌いじゃないでしょう？」

「ああ、俺は酒なら何でも好きだけど。でも、祝杯って」

「――大きな融資が纏まった時に、よく飲むんです。今までは一人だったけど、これからは怜司さんと一緒に乾杯ができるから、嬉しいな」

閑静な住宅街から、直哉のマンションのある街に通じる幹線道路に向かって、彼はハンドルを切った。直哉も祝杯を挙げる気分だったなんて、奇遇だ。まだコンペは始まってもいないし、気が早いかもしれないけれど、怜司も今夜はシャンパンを飲み尽くしたい。

「本当に君は、どこにいても俺のことを見透かしているんだな」

「え？」

「今日は偶然だろうけど。早く君の部屋に行こう。腹も空いた。今日の夕ご飯は何？」

「おでんです。意外にシャンパンにも合うんですよ」

「おでんか、いいね。俺が作った肴は出る幕ないかな」

「俺が食べます。独り占めします」

「ふふ、ますます腹が空いてきた。俺がラッパ飲みを始めないうちに、もっとスピードを出して」

「上機嫌ですね、怜司さん。何かいいことがあったんですか？」

「ああ。後で話すよ」

怜司に舞い込んで来た、とびっきりのチャンス。このまま勢い込んで打ち明けるよりも、ゆっくりと酒のグラスを交わしながら、大事に話したい。そう思い直した怜司に、直哉が運転席からせっついてきた。

「焦らさないで教えてください。気になります」

「まったく、君の待てができない性格は、少し直した方がいい」

「仕方ないです。俺以外のことで、怜司さんの機嫌がよくなるのは、悔しいですから」

甘い睦言《むつごと》を囁きながら、直哉の左手が、怜司の右手を包む。——敵《かな》わない。まっすぐで正直な、年下のこの恋人には。

「分かった、言うよ。開発業者のコンペに推薦されてね、今度出品することになったんだ」

夜の街を疾駆する車の中で、二人の明るい声が、シャンパンの気泡のように弾ける。

怜司がコンペで競うランドマークビルを含んだ都市開発に、直哉の勤める東都銀行が融資をすることを、二人が互いに知ったのは、それから間もなくのことだった。

END

お父さんのクリスマス

「――忘年会？」

　ああ、と答えた元同僚の声が、携帯電話の向こうから聞こえる。十二月の新宿の街の喧騒《けんそう》に、自分の声を掻《か》き消されそうになりながら、怜司《れいじ》は口元に手を添えた。

「今泉《いまいずみ》。それ、俺《おれ》が参加しても大丈夫なのか？　大富士《おおふじ》の社内の集まりだろう？」

『大丈夫。お前と特に親しくしていた同期しか呼んでないよ。営業の萩原《はぎわら》とか、システムの寺本《てらもと》とか、懐かしいだろ』

「うわ…、久しぶりに名前を聞いた。みんなお前みたいに、偉くなってるんだろうな」

『まあ、今の肩書は、みんなそれなりだ。とにかく顔を出せよ、忘年会。たまには遠慮のいらない面子《メンツ》で飲もう』

　何年も前に勤めていた、大富士建設の同期たちの顔を思い浮かべて、怜司は眼鏡《めがね》の下の瞳を細めた。退職した後も、かつての上司からパワハラを受けた因縁のある会社でも、同期の社員どうしは仲が良かった。社内のサークルで一緒にスポーツをしたり、定期的に飲み会を開いたりする間柄だった彼ら。不意に郷愁のようなものが湧《わ》いてきて、怜司は数年ぶりに、同期たちの顔が見たくなった。

「……分かった、行くよ。時間と場所をメールしておいてくれ」

『みんな喜ぶよ。大酒飲みのお前が満足する店を予約したから、楽しみにしてろ』

　今泉が弾んだ声で返事をするのを聞いてから、怜司は電話を切った。髪がさらりと掠《かす》めた、形のいい耳に、頭上からクリスマスソングが響く。

今年ももう、暮れの時期が近付いているなと暢気《のんき》なことを考えていたら、傍《かたわ》らの輸入食器店でウィンドウショッピングをしていた愛娘が、怜司の腕に抱きついてきた。

「お父さんっ。電話終わった？」

「わわっ、ちょっ、結花《ゆか》。やめなさい、小さい子じゃないんだから。恥ずかしいだろう」

「いいじゃない。クリスマスの季節は、大人もみんな子供なの」

ぎゅうっ、と服の袖《そで》を包み込む、結花の温もりがいとおしい。怜司は照れくさい思いをしながら、新宿のメイン通りの人混みの中を歩いた。

「それで？　今日は父さんは、何をおねだりされるんだ？」

結花のクリスマスプレゼントに、服でも靴でも買ってやるつもりで、今日は財布をぱんぱんにしてある。父親の男気を見せてやろうと、意気揚々と買い物に付き合っていた怜司に、結花はかわいい顔で笑って言った。

「う－ん、欲しい服もバッグもあるけど、それより一緒に行ってほしいお店があるの」

「父さんと？」

「うん。私、そのお店ちょっと怖くて、一人では入りにくいから。――あ、ここの路地の奥」

地図を表示させたスマートフォンを片手に、結花が指した路地の方へ、怜司は靴の先を向けた。狭いその路地の途中で、結花が足を止めたのは、一軒の漢方薬局の前だった。

右から左へ読む中国語の看板と、入り口のガラスのドアに描かれた、おどろおどろしい動物や虫のイラスト。若い女の子が一人で入るには、確かに怖じ気《おけ》づく店構えだ。

「この薬局、よく効くってネットで評判らしいの。大学の友達のお母さんも通ってるって」

「どうして漢方薬を飲みたいんだ。体調が悪いんなら、先に父さんに言いなさい。すぐに病院で診てもらおう」

「違う違うっ、私じゃなくて、とにかく一緒に入って。行こう、お父さん」

結花に腕を引っ張られるようにして、怜司は怪しい漢方薬局へと足を踏み入れた。自動ドアが開いた途端、独特の生薬《しょうやく》の香りが鼻を刺激する。壁際にずらりと並ぶ壺《つぼ》や箱。そのそばには見本なのか、両生類か何かを乾燥させたものが、串刺しの状態で飾られていた。

「いらっしゃいませ」

薬剤師――と言うべきだろうか。白い作務衣《さむえ》を着て、仙人のように長く髭《ひげ》を伸ばした男性が、店先のカウンターに座っている。怜司と緊張気味に顔を見合わせた結花は、勇気を振り絞るようにして、その店員に声をかけた。

「すみません。こちらに、手荒れによく効くクリームがあるって聞いたんですけど……」

「ああ、紫雲膏ですね、ありますよ」

「シウンコウ？」

「紫の雲の軟膏と書いて、紫雲膏ね。主成分は、炎症を抑える『紫根《シコン》』と、血行を改善する

『当帰《トウキ》』でできているんですよ」

仙人の見た目にそぐわず、店員は愛想よくそう言うと、壁に並んでいる壺の一つを、結花の前に差し出した。厳重に封をしてある栓を開けて、その紫雲膏とやらを長い匙《さじ》で掬《すく》って見せてくれる。

「綺麗《きれい》な色。ベリーみたいですね」

「うちの紫根は、そこいらの店で混ぜ込んでいるセイヨウムラサキじゃない、希少な本物のムラサキを使っているからね。効能も確かです」

「そうなんですか。じゃあ、これをください」

バッグから財布を取り出す結花の手は、肌荒れ一つしていない、白くて綺麗な手だ。いったいどこに紫雲膏を塗るつもりなんだろう。不思議に思っていた怜司に、会計を済ませて薬局を出てから、結花は本当のことを打ち明けてくれた。

「思ったよりも怖いお店じゃなくてよかった。少しだけおまけしてもらっちゃった。先生喜んでくれるといいな」

「先生？」

「うん。料理教室の蔵森《くらもり》先生。先週の教室の時に、ひどい手荒れで困ってるって言ってたから、いいクリームを探してたの。先生にプレゼントしようと思って」

「あ――、そのためのクリームだったのか」

蔵森先生は、結花が密《ひそ》かに恋をしている、料理教室の初級コースのイケメン講師だ。テレビ番組にも出演しているカリスマシェフで、かわいい娘の心を奪った、父親にとっては複雑な気持ちを抱《いだ》かせる相手でもある。

「テレビで先生の手元にカメラが寄ったりするでしょ？　ずっと気にしてたんだって。リボンでかわいくラッピングしなきゃ。このままじゃちょっと味気ないし」

「それなら、確か通りの先にクラフト用品店があったはずだ。寄っていこう」

「うんっ」

買ったばかりの紫雲膏を、大事そうにバッグに入れて、結花がまた腕を組んできた。いつまでも父親にこうして甘えてほしいような、好きな先生との恋が実って、巣立ってほしいような、ほろ苦い思いがする。

（お前の恋がうまくいくなら、父さんへのプレゼントなんか忘れられていても、全然かまわないよ、結花）

クリスマスは結花以外の先生のファンの女性たちも、いろいろと趣向を凝らしたプレゼントを用意しているだろう。結花の選んだプレゼントは、派手さはないけれど、とても心のこもったものだ。優しい愛娘のために、怜司も、先生が喜んでくれることを願わずにはいられなかった。

「そう言えば、お父さんは直哉《なおや》さんに、プレゼントを用意しなくていいの？」

ここでいきなり、彼の名前が出てくるとは思わなかった。直哉は結花と同じ料理教室に通っている、二十七歳のエリート銀行マンだ。結花の友人でもある彼と、紆余曲折《うよきょくせつ》あって、怜司は今恋人として付き合っている。

「と、父さんと直哉くんは、大人の男だし、そういうことは、あんまり」

直哉の話題になると、急に気恥ずかしくなって、怜司はしどろもどろに答えた。いくら結花公認とはいえ、男の恋人との関係を赤裸々に語れるほど、怜司の心臓は強くない。

「えーっ？　プレゼント渡さないの？　クリスマスなのに？　うそー。直哉さん絶対楽しみにしてると思う」

「ええっ？　彼からはそんな話、聞いたこともないよ」

「直接話したら催促してることになっちゃうでしょ。もうっ、お父さんって結構鈍感。ラッピングは後でいいから、先にデパートに行こう？　私が一緒に、直哉さんのプレゼントを探してあげる」

「別にいいよ。直哉くんの気に入るものとかよく分からないし、二人とも忙しいから、クリスマスの日も特に会う約束はしていないんだ」

十二月に入ってから、怜司も直哉も仕事が立て込んでいて、会う時間をなかなか作れない。特に怜司は、政府系の開発業者によるランドマークビルの設計コンペを控えていて、今はその応募作品を完成させるために、オフィスに籠《こも》りがちになっていた。

「じゃあ、今度直哉さんとデートするのいつ？」

「結花っ。そんな恥ずかしいことを聞くんじゃありません。デ、デートなんかしないよ。今度の土曜に、軽く夕食に誘われているだけだ」

ごにょごにょと言葉を濁しているうちに、怜司の頬《ほお》が熱くなり、顔が赤くなっていくのが分かる。困惑している格好悪い姿を、愛娘には見せたくない。でも、そんな怜司におかまいなしに、結花はぐいぐい詰め寄ってきた。

「ディナー？　立派なデートじゃない。ちゃんとプレゼントを用意して、おめかししなきゃ」

「おめかし!?」

「土曜日に着ていく服、私に任せて。すっごくかっこよくしてあげるから」

「結花、ちょっと、もういいって」

「お父さんの服を見立ててあげるの初めて！　今日はデパートとショップをはしごするから、気合入れてね」

「結花――、気合って、いったい何の気合なのかな……っ」

すっかりテンションを上げた愛娘に、か弱い父親が敵《かな》うはずがない。それから数時間、怜司は顔を真っ赤にしたまま、結花に半ば引き摺《ず》られるようにして、新宿の街じゅうを彷徨《さまよ》う羽目になった。

サンタとツリーの中吊《なかづ》り広告が目立つ、土曜日の夜の地下鉄は、とても混んでいた。直哉と何度か二人で飲んだことがある、銀座の駅で降りて、賑《にぎ》わう改札口の風景を目にしながら、地上へ出る。二人で会う時は、必ず先に来て待っている直哉の姿が、今日はない。手元の腕時計を見て、怜司は呟《つぶや》いた。

「さすがに早かったか」

家にいてもじっとしていられなくて、待ち合わせの時間より、二十分も早く着いてしまった。新調したジャケットの襟元《えりもと》を、そわそわと指で弄《いじ》って、近くに鏡でもないか目で探す。家を出る時に結花が巻いてくれたストールが、怜司を冬の夜風から温かく包んで、仄《ほの》かに赤かった頬をいっそう鮮やかな色へと変えていた。

(結花がデートだデートだって、何度も言うから、意識してしまうじゃないか。——クリスマスの季節だからって、何も変わらないはずなのに。街じゅうが浮かれているからかな。俺のここも、何だか変だ)

そっと心臓の上に手をやって、どきどきと鳴り続けている鼓動を確かめる。ジャケットの生地越しに、四角く硬い感触がして、怜司の指先は緊張した。数日前、新宿のデパートでそれを買った時も、同じように緊張したことを思い出す。

リボンのついた小さな箱に入った、直哉へのプレゼント。自惚《うぬぼ》れを言ってもいいなら、彼は何を贈っても喜んでくれそうな気がする。だから余計に、プレゼント選びに力が入ってしまって、買い求めるまで何時間も迷った。

（これ、いつ渡そう。気に入ってくれるといいけど、彼の好みもあるしな）

結花以外の誰かにプレゼントを買ったのは、いったい何年ぶりだろう。怜司は生来こういったことに無頓着《むとんちゃく》で、結花の母親と結婚していた頃《ころ》も、碌《ろく》なプレゼントを贈ったことがなかった。幼馴染《おさななじみ》という、家族ぐるみの付き合いで始まった関係だったから、ちゃんと待ち合わせをしてデートらしいデートをした覚えもない。

三十二歳のいい大人が、直哉と食事の約束をしているだけで胸を高鳴らせているのは、とても滑稽《こっけい》だ。人の高揚感を煽《あお》る、街に流れるクリスマスソングが、作業服ばかり着慣れている怜司を、今夜だけ別人にさせる。

いつもは洗いざらしの髪をワックスでセットし、ファッション雑誌を手本にしたような垢《あか》抜《ぬ》けた服を着て、おろしたてのぴかぴかの靴を履いている。さっきからやたら視線を感じるのは気のせいだろうか。まるで自分が自分でないようで、通りを行き来している人々から、指をさされて笑われているんじゃないかと心配してしまう。

肩を竦《すく》めながら、怜司が手持ち無沙汰《ぶさた》の時間を過ごしていると、通りの向こうから一人の男が駆けてきた。街路樹のイルミネーションの下でもよく目立つ、悔しいくらいに長身で、精悍《せいかん》な顔をした——恋人。

「怜司さん！」

直哉に名前を呼ばれて、どきん、と怜司の左胸が大きく鳴った。金と銀の光の粒が、直哉の黒髪に散って、彼だけを夜の中に浮かび上がらせている。

まっすぐに自分に向かってくる直哉のことが、何故《なぜ》だかむしょうに眩《まぶ》しかった。土曜で銀行は休みのはずなのに、彼がシックなスーツを着ているからだろうか。思わず見惚《みと》れてしまった瞳を伏せて、怜司は無理矢理ごまかそうとした。

「怜司さん、遅くなってすみません。待ちました？」

「う、ううん。こっちが少し早く着いただけだから。休日にスーツなんて、珍しいな」

「土曜しかアポの取れない取引先があったので、さっきまで仕事をしていました。怜司さんの方こそ、びっくりした——。今日はすごいですね」

直哉の瞳が、怜司のことを上から下までじっくりと見つめている。その露骨な眼差《まなざ》しが恥ずかしくて、怜司は無意識に体を縮こめた。

「やっぱり、変だろう？　俺もそう思ったんだ。結花が見立ててくれた服なんだけど、俺には派手過ぎるかなって」

「結花ちゃんのコーディネートなんですか。どうりでモデルみたいにきまってるはずだ」

「気を遣ってくれなくていいよ。さっきから人にじろじろ見られて気になってたんだ。よっぽどこの服、似合ってないんだな」

「何を言ってるんですか、怜司さん。——みんな俺と同じように、怜司さんに見惚れているんですよ」

「は？」

「全然気付かなかったって顔してる。自分のことには、怜司さんは本当に無頓着なんだから。そういうところがとても素敵なんですけど」

「君の言うことは時々よく分からない」

小首を傾《かし》げる怜司へと、直哉は蕩《とろ》けそうな顔でくすくす笑った。

(見惚れているのは、俺の方なんだけど)

けして口にはしない言葉と、ピッチを上げたまま静かになってくれない怜司の鼓動。イルミネーションに飾り付けられた銀座の街角には、人がたくさん歩いているはずなのに、直哉のことしか視界に入らなくなる。

「予約してある店、こっちです。最近見付けた居心地のいいレストランなんですよ」

路地裏へと歩き出した途端、すい、と直哉に手を取られる。そのまま手を繋《つな》いできた彼に、怜司は慌てた。

「直哉くんっ。人が見るよ…っ」

「裏通りを歩く間だけですよ。恋人とデートをするのに、手も繋がないなんて、俺には耐えられません」

「デートとか言うな――」

「違うんですか？　照れ屋の怜司さんが、こんなにかっこいい姿で今日来てくれたのは、俺とデートだったからでしょう？」

「だ、だから、それは…っ」

結花にのせられたから、と言いかけて、怜司は口を噤《つぐ》んだ。どきん、どきん、イルミネーションの点滅のように繰り返す鼓動が、直哉の囁《ささや》きに呼応している。彼はもう、怜司のことは何もかもお見通しなのだ。

「君が、この格好を気に入ってくれたんなら、もういい。ほら、寒いから、さっさと案内してくれ」

「怜司さん、あなたは本当にかわいい人だ。大好きですよ」

「うう――。人たらしはもう黙ってろ」

恥ずかしさも、照れも、浮かれた街と夜のせいにして、怜司は直哉の手を握り返した。

嬉《うれ》しそうに微笑《ほほえ》んだ直哉が、怜司を連れていったのは、銀座の中心街から外れたところにある、小さなフレンチレストランだった。二階の個室に案内されると、暖かみのある木のインテリアが目を引く。街の喧騒から離れた、静かでとても落ち着く雰囲気だ。

「……いいな、ここ。予約を取るの大変だったろう」

「キャンセル待ちをして滑り込みました。メニューはシェフのおまかせコース一択なんですけど、かまいませんか？」

「ああ。軽く飲もうか、ワインでも」

「そう言うと思って、もうオーダーしてあります。今日は怜司さんのために、ワインもフルコースなんですよ」

二人がテーブルについてしばらくすると、黒服のボーイが、アミューズと食前酒を運んできた。華奢《きゃしゃ》なグラスを満たしていたのは、白ワインを使ったカクテルだ。

乾杯、と囁き合い、グラスを交わして、二人きりのディナーが始まる。アミューズの帆立のムースと、カクテルの相性は絶妙だった。一品ずつコース料理が進むたび、それに合うワインが登場する。こんなにおいしくて、満ち足りたディナーは初めてだ。

「脱帽だよ――。料理もワインも、最高だ。俺のツボを悉《ことごと》く撃破されていくみたいだ」

「よかった。怜司さんに褒めてもらいたくて、ここを紹介した甲斐《かい》がありました」

「いくらでも褒めるよ。君は、何だか、世慣れしていてすごいな。本当に二十七歳の普通のサラリーマンなのか？　実はいいところのお坊ちゃんで、こういう食事ばかりしていると打ち明けられても、驚かないよ」

「俺は普通の家庭で育った、普通の二十七歳ですよ。誰よりも素敵な人を恋人にできたから、その人に負けないように、努力しているだけです」

愛情の出し惜しみをしない、甘い声で囁いた直哉の瞳に、ぽうっと火照《ほて》った怜司の顔が映り込んでいる。負けっぱなしなのは怜司の方だ。でも、ワインの心地いい酔いも手伝って、今夜は直哉に対して、悔しい気持ちにはならなかった。

「直哉くん。君は、……その、本当に俺のことが、好きなんだな」

「はい。みんなに言いふらして自慢したいくらい、大好きです」

「自慢は——君だよ。こんなにいいディナーに誘ってくれて、ありがとう」

「怜司さん、俺の方こそ、怜司さんと一緒に楽しい食事ができて嬉しいです」

「メリー・クリスマスには早いけど、あの……っ、これ、君に。よかったら使って」

デザートワインのグラスのそばに、怜司は青いリボンで飾った、小さな箱を置いた。直哉がびっくりしたように瞳を丸くしている。

「俺に、プレゼント、ですか？」

「うん。いろいろ迷って選んだものなんだ。気に入ってもらえるといいな」

「あ…ありがとうございますっ。どうしよう、すごく嬉しい——。開けてもいいですか？」

「どうぞ」

箱を持ち上げた直哉の手は、少しだけ震えていた。待てのできない性格の彼が、焦ってリボンを解く姿が、年下の恋人らしくてかわいい。さっきまでの余裕綽々《しゃくしゃく》の彼とは正反対だ。

「カフスボタンだ……」

怜司が迷いに迷って選んだプレゼントを、直哉は瞳を輝かせながら指に取った。渋い茶褐色のペンシェル貝の台座に、ダイヤの小さな一粒石がついた、男性ならではのアクセサリー。直哉の笑顔を見ただけで、彼がそのプレゼントを、どんなに喜んでいるか分かる。怜司の胸の奥もどきどきうるさかった。

「――最初に君がカフスボタンをしているのを見た時、印象的だったんだ。若いのに、とてもさまになっていて、生意気な奴《やつ》だなって。他のプレゼントはぴんとこなくて、結局それにした。つけてみてよ」

「はいっ」

シャツの袖《そで》に触れて、怜司の贈ったカフスボタンにつけ直す。直哉のその、大人びた仕草が好きだ。テーブルの上のランプの明かりに、ダイヤがさりげなく反射して品がいい。

「どうですか？　似合いますか？」

「う……うん。悪くないんじゃないかな」

本音を言えば、とても、とてもよく似合っていた。直哉にこれ以上男ぶりを上げられたら、正直困る。直哉のことがどんどん好きになって、彼の他に何も考えられなくなってしまいそうで、怖いから。

「こういうデザインのカフス、欲しかったんです。怜司さんありがとうございます」

「どういたしまして。こんなに喜んでもらえるなんて思わなかった。プレゼントって、贈った方も幸せになれるんだな」

「贈られる方はもっともっと幸せですよ。すみません。怜司さんへのプレゼントは、今日は間に合わなくて。クリスマスの日までには、必ず手元に届くようにしますね」

「えっ？　今日のディナーで十分だよ。君と一緒にいい時間を過ごせた。これ以上何かもらったら、もらい過ぎだ」

「いいえ。食事だけじゃ、怜司さんに失礼です。プレゼントはもう少しだけ待っていてください。きっとあなたを喜ばせますから」

「直哉くん……。ありがとう。それじゃあ、楽しみに待っているよ」

はい、と答えた直哉の手元で、カフスボタンが煌《きら》めいている。怜司は甘いデザートワインを一口飲んで、彼を見つめて仕方ない瞳を、グラスの中の波紋へと逃がした。

「結花ちゃんにも、何かプレゼントを贈ってもいいですか？」

「結花にも？　あの子は喜ぶだろうけど、あまり気を遣わないで」

「怜司さんが大切にしている人は、俺にとっても大切な人です。だって、結花ちゃんは俺の、かわいい娘ですから」

「むっ、娘って、何だ」

「俺と怜司さんが結婚したら、結花ちゃんはお父さんが二人になるでしょう？」

「直哉くんっ！　そういうたちの悪い冗談はやめなさいっ」

ワインを吹きそうな怜司の声と、直哉の笑い声が、静かな夜のレストランに溶ける。ここが個室でよかった。怜司はそう思いながら、冗談の仕返しにボトルを注文してやろうと、ワインリストを求めにボーイを呼んだ。

コンペに出品する作りかけの建築模型を、金庫代わりの鍵《かぎ》付きのボックスに収めて、怜司はオフィスの明かりを消した。オフィスと隣接する自宅で、一日中ボンドや塗料の匂《にお》いに染まっていた体をシャワーで流し、若々しい容姿をいっそう引き立てるジーンズに着替える。

十日ほど前、直哉と食事をした時に着た服は、クローゼットに大事にしまってあった。当分活躍しない予定のジャケットやストールを、照れた気分で思い浮かべてから、怜司は自宅を出た。今日は友人の忘年会に誘われていて、今泉や、怜司が大富士建設に勤めていた頃の同期が集まる。

クリスマスを明後日に控えた、神田の末広町にある居酒屋には、既に懐かしい面々が到着していた。退職して以来会っていない友人も多くて、久々に同期のみんなで顔を合わせるのは、何だかとてもくすぐったかった。

「遅いぞ、高遠《たかとお》。みんなお前のことを待ってたんだ」

「ごめん。久しぶりだな、みんな。先に始めてくれていてもよかったのに」

「主役がいなきゃ話にならないだろ。今日はお前のための祝杯なんだぞ」

「え？　何のこと？」

まあ座れ、と、友人たちに肩や腕を摑《つか》まれて、上座に無理矢理連れていかれる。怜司のグラスになみなみとビールを注いで、今泉が高らかに言った。

「俺たちの不屈の同期、高遠怜司大先生に乾杯！」

「乾杯！　高遠、さあ飲め。ぐっといけ。祝いに店じゅうの酒全部飲んでいいぞ」

冷たいビールを一口飲んでから、友人たちの上機嫌な様子に、怜司は首を傾げた。

「だから、いったい何の祝いだよ。何をみんな、そんなに盛り上がってるんだ？」

「――お前にパワハラをした生駒《いこま》次長が、降格になった。この間正式に辞令が出たんだ」

「ええ…っ？　う、嘘《うそ》だろう……？」

「本当だよ。今は閑職の課長待遇になって、資料課で冷や飯を食わされてる」

昔から因縁のあった、ずっと悔しい思いをさせられてきた人物の降格処分。パワハラで自分を踏み躙《にじ》った元上司の、あまりの突然の失脚に、怜司は体を震わせた。

「どうして急に、降格なんかになったんだ。何か会社にでかい損失でも出したのか？」

「詳しいことは俺たちも知らないけど、生駒さんは、お前以外にも下請けや得意先の業者にパワハラをしていたらしい。被害者側が集団で提訴も辞さないって、重役会にリークしたんだよ。社内外を調査した結果、事実だと分かって、今回の生駒さんの処分に繋がったワケ」

「集団で提訴――。下請けは立場が弱いのに、よく声を上げられたな。すごい連携と勇気だ」

「そうそう、それなんだが、どうも被害者側を陰で支援して、取り纏《まと》めた人物がいるらしい」

「え？　支援なんて、よっぽどの有力者じゃないとできないぞ？」

「ああ。これは噂《うわさ》だけど、うちのメインバンクの人間が動いたんじゃないかって」

「メインバンク？　まさか、東都銀行が……？」

「銀行くらいだろう、うちの重役会に意見できるのは。パワハラの集団提訴を受けたら、社会的信用はガタ落ちして、融資にまで響く。会社は首を繋ぐために、生駒さんを切ったのさ」

どくん、と怜司の心臓が鳴った。東都銀行。融資。被害者たちを陰で支援するほど、パワハラに憤っていた人物。そのキーワードの全《すべ》てに当てはまる人を、怜司は知っている。

「高遠、生駒さんは、お前にしたことの報いを受けたんだ。やっとこれで、本当の喧嘩《けんか》両成敗になった。俺たちは何の力にもなれずに、お前にだけつらい思いをさせて、悪かったな」

「いくら高遠にひどいことをした相手でも、会社じゃおおっぴらに喜べないんだ。忘年会にかこつけて、今日はみんなでお前といい酒を飲もうって、集まったんだよ」

「俺のために、みんな、ありがとう。事情は分かったけど、話を聞いたばかりで、まだ混乱してる。ちょっと……涼しいところで頭を整理したいから、先に飲んでてくれ」

「ああ。すぐ帰ってこいよ。今日はお前を潰《つぶ》すまで飲むんだからな」

二度目の乾杯に興じる友人たちを残して、怜司は携帯電話を片手に、店の外へと出た。

せっつくように心臓が鳴って仕方なかった。直哉くん。直哉くん、直哉――。胸の奥を彼の名前でいっぱいにしながら、彼の番号をコールする。

『はい、橘川《きつかわ》です。怜司さん？』

「な……直哉くん、君……っ、あの、大富士の、次長のことで、そ、その……っ」

何をどう言えばいいのか、言葉にならない。でも、怜司の電話の意味を、直哉はすぐに分かったようだった。

『クリスマスプレゼント、怜司さんのもとに無事に届いたようですね』

「うん…っ。やっぱり、生駒さんが処分されたのは、君が動いたからだったんだな。あれほど公私混同はやめろって言ったのに、なんてことを。君は、君という人は、まったく――」

『俺は何もしていません。融資先の大富士建設に、コンプライアンスを守れない人物がいると、上司に進言しただけですよ』

穏やかな直哉の口調が、痛いほど鳴っていた怜司の鼓動を宥《なだ》めていく。上着を店内に置いてきたのに、まるで直哉に包み込まれているようで、怜司の体は寒くなかった。

『怜司さんが神田駅の再開発の下請けから外された時に、気になったんです。もしかして、怜司さんの他にも、パワハラを受けた業者がいるんじゃないかって。少し調べてみたら、案《あん》の定《じょう》いくつかの業者から証言が取れました。上司に相談したら、すぐに問題視をしてくれて、銀行側で本格的な調査が始まったんです。その後は――俺も結果しか知りません』

直哉はきっと、真実のうちの、ほんの少ししか話していない。銀行側の調査の先頭に立ったのは彼自身のはずだ。それでも、詳しいことは何も言わずに、怜司の心に負担がないように気遣っている。

――こんな愛し方も、愛され方も、知らなかった。直哉の想いに、胸が震えた。

「直哉くん、一言、俺に、言ってほしかった。もう驚かせないでくれ」

『プレゼントにはサプライズが大事ですから。怜司さんにもらった、俺のカフスボタンのように』

「君の方がよっぽどサプライズだ。直哉くん。俺が受けたパワハラに、けじめをつけさせてくれて、ありがとう。最高のクリスマスプレゼントを、ありがとう。俺は幸せ者だ」

『怜司さん、あなたを幸せにできて嬉しい。あなたのことを、愛しています』

年下の恋人の熱い囁きを、電話の向こうに聞きながら、泣き出しそうになる。

「俺も、君のことが、好きだよ」

潤《うる》んできた怜司の視界に、夜空から白いものが舞い落ちた。今年のクリスマスは、ホワイトクリスマスになりそうだった。

END

あとがき

こんにちは。または初めまして。御堂なな子です。このたびは『お父さんが恋したら』をお手に取っていただきまして、ありがとうございます。

今回は美人で大酒飲みの戦うお父さん、怜司を書けて楽しかったです。直哉はスーパー攻め様の有力候補です！　年下攻めは私のホームグラウンドなので、心地いい原稿期間を過ごせました。二人が寄り添う切欠になった神田駅の再開発の話は、架空ですのでご注意ください。

欠かせないキャラ結花ちゃんともども、怜司と直哉を描いてくださった金ひかる先生、このたびはお忙しい中、ありがとうございました！　ラフ画や完成イラストが届くたび、モニターの前で小躍りしておりました。素敵な高遠家プラス1を本当にありがとうございます！

担当様、私たちの間では『綺麗なお父さん』というタイトルが定着してしまいましたね。Yちゃん、そっと見守ってくださっている方々、そして家族、いつも私の支えです。ありがとう。

最後になりましたが、読者の皆様、この本にご興味を持ってくださってありがとうございました！　少しでもお楽しみいただけていたら何よりです。

それでは、次の作品でまたお目にかかれることを願っております。

御堂なな子

✦初出　お父さんが恋したら……………書き下ろし
お父さんのクリスマス…………書き下ろし

御堂なな子先生、金ひかる先生へのお便り、本作品に関するご意見、ご感想などは
〒151-0051 東京都渋谷区千駄ヶ谷 4-9-7
幻冬舎コミックス　ルチル文庫「お父さんが恋したら」係まで。

幻冬舎ルチル文庫
お父さんが恋したら

2014年11月20日　第1刷発行

✦著者	御堂なな子　みどう ななこ
✦発行人	伊藤嘉彦
✦発行元	株式会社 幻冬舎コミックス 〒151-0051 東京都渋谷区千駄ヶ谷 4-9-7 電話 03(5411)6431［編集］
✦発売元	株式会社 幻冬舎 〒151-0051 東京都渋谷区千駄ヶ谷 4-9-7 電話 03(5411)6222［営業］ 振替 00120-8-767643
✦印刷・製本所	中央精版印刷株式会社

✦検印廃止

ISBN978-4-344-83281-7　C0193　Printed in Japan